Der kleine Drache Kokosnuss

Auf in den Dschungel!

Der kleine Drache Kokosnuss

Auf in den Dschungel!

Ein Vorlesebuch zum Film

Nach dem Drehbuch von
Mark Slater, Tony Power und Gabriele M. Walther
basierend auf den Originalbüchern
»Der kleine Drache Kokosnuss« von Ingo Siegner
Geschrieben von Anna Taube

cbj

Dieses Buch ist auch als E-Book erhältlich.

MIX
Papier aus verantwortungsvollen Quellen
FSC® C011124
FSC
www.fsc.org

Verlagsgruppe Random House FSC® N001067

1. Auflage 2018

»Der kleine Drache Kokosnuss« ist eine Figur von Ingo Siegner.
Produzent des dem Werk zugrundeliegenden Kinofilms
»Der kleine Drache Kokosnuss – Auf in den Dschungel!«
ist Caligari Film- und Fernsehproduktions GmbH/cbj Verlag
Text: Anna Taube auf Basis des Drehbuchs von Mark Slater,
Tony Power und Gabiele M. Walther
Bilder und Artwork: Caligari Film- und Fernsehproduktions GmbH
Umschlaggestaltung: init | Kommunikationsdesign, Bad Oeynhausen
hf · Herstellung: UK
Satz und Reproduktion: Lorenz & Zeller, Inning a. A.
Druck: Mohn Media Mohndruck GmbH
ISBN 978-3-570-17589-7
Printed in Germany

www.drache-kokosnuss.de
www.cbj-verlag.de
www.youtube.com/drachekokosnuss

Inhalt

Aufbruch ins Ferienlager 7

Eine Dampferfahrt ist lustig … 21

S.O.S. – Dampfschiff in Not! 26

Wo ist Matilda? 36

Gefundenes Fressen 43

Kein Ausweg 50

Alles im Schlot! 58

Echte Freunde, echte Feinde 66

Ausgesperrt! 78

Im Ferienlager 86

Drachen in Gefahr! 92

Ein Lied für Amadeus 99

Der Fresspflanzen-Angriff 106

Ende gut, Ferien gut! 111

Aufbruch ins Ferienlager

Es ist ein wunderschöner Sommermorgen. Am Strand des Drachendorfs herrscht geschäftiges Treiben. Ein funkelnagelneuer Schaufelraddampfer mit dem Namen »Freundschaft« wird mit Kisten beladen.

»Links, links, links!«, dirigiert Mini Mo – und Big Bo schwenkt mit seinem langen Hals nach links und setzt die Ladung vorsichtig an Deck des Dampfers ab. Feuerdrachen und Fressdrachen schauen dem Spektakel gebannt zu.

So etwas bekommen sie nicht alle Tage zu sehen. Kein Wunder, dass die Drachenbucht mit Fähnchen geschmückt ist und das Drachenorchester fleißig probt: Heute noch soll der Dampfer auslaufen – und an Bord werden Feuerdrachen und Fressdrachen mit einem besonderen Ziel sein!

Plötzlich schrillt ein Schrei über die Bucht – und alle halten inne. Was ist passiert?

»Du hast mich gezwickt!«, jammert Kokosnuss.

Mette schaut ihren kleinen Drachenliebling entsetzt an. Sie wollte doch nur testen, wie fest man den Rucksack zurren kann.

»Entschuldige, Kokosnuss, ich wollte sichergehen, dass alles gut sitzt und nichts verloren geht.«
»Mama, ich fahre doch nur ins Ferienlager – nicht zu einer Nordpolexpedition. Und Papa ist doch auch dabei!«
»Allerdings!«, sagt Magnus. Er prüft seine Taschenlampe: an, aus, an, aus… »Funktioniert!«, und steckt sie in seinen Rucksack. »Das erste gemeinsame Ferienlager von Feuerdrachen UND Fressdrachen seit Drachengedenken. Unser großes Ziel ist, dass Fress- und Feuerdrachen sich in Zukunft besser verstehen!«
»Hihi«, kichert Opa Jörgen. »Ja, ihr werdet bestimmt Feuer und Flamme füreinander sein und euch zum Fressen gern haben, hihi. Öhm, Kokosnuss?«
»Ja, Opa?«
»Es ist alte Drachen-Ferienlager-Tradition, eine Flagge zu hissen. Jedenfalls haben wir das gemacht, als ich in deinem Alter war.«
Opa Jörgen hält Kokosnuss eine Flagge mit einem leuchtenden Feuersymbol entgegen. Staunend betrachtet Kokosnuss die Fahne.
»Heißt das, du warst auch schon mal im Ferienlager auf den Dschungelinseln?«
»Oh ja«, sagt Opa Jörgen. »Aber das ist lange her.«
»Bin gespannt, was von dem Lagerplatz noch übrig ist nach all den Jahren«, murmelt Magnus. »Außer Gerümpel, Flöhen und wilden Tieren…«

»Pah, ihr werdet Abenteuer erleben, so wie ich früher!«, ruft Opa Jörgen. »Im Freien schlafen, Sterne zählen … ach, und Wasserdrachen, die gab's auch.«
»Wasserdrachen?«, ruft Kokosnuss und spürt ein aufgeregtes Kribbeln in der Magengegend.
»Oh ja, die können unter Wasser atmen. Und eine eigene Sprache haben sie auch. Schau …«, sagt Opa Jörgen und öffnet ein altes Fotoalbum. Er deutet auf ein vergilbtes Foto, das ihn als kleinen Jungen zeigt – und daneben, etwas unscharf, ist ein anderer Drache zu sehen. »Wir bekamen sie selten zu Gesicht, denn sie leben versteckt im Dschungel. Aber diesen hier habe ich eines Tages verletzt gefunden. Ich brachte ihn ins Lager, wo er wieder zusam-

mengeflickt wurde. Er blieb eine ganze Weile bei uns und dann, eines Tages, war er weg.«

Opa Jörgen klappt das Album zu und verursacht eine imposante Staubwolke.

»Weißt du, was er immer sagte? Katta brakka aloo chaka.«

»Katta brakka aloo chaka?«

»Genau«, sagt Opa Jörgen. »Aber frag mich jetzt nicht, was das heißt. Ich weiß es nicht … So, nun pack deine Siebensachen.«

Aber das ist nicht nötig. Mette hat schon für alles gesorgt. Kokosnuss bindet nur noch seine Taucherflossen an den Rucksack, dann ist er fertig.

»Zu schade, dass Matilda nicht mitkommen darf«, seufzt er.

»Nun, es ist ein Ferienlager für Drachen … und Matilda ist ein Stachelschwein«, sagt Magnus.

»Papperlapapp«, sagt Mette aufgebracht. »Matilda gehört doch so gut wie zur Familie.«

»Tja, jedenfalls …«, sagt Kokosnuss. »Ich lauf noch mal schnell zu ihr rüber, um Tschüs zu sagen. Bis gleich am Schiff!«

»Arme Matilda«, sagt Mette, während Kokosnuss zur Tür hinausläuft. »Sie wird Kokosnuss und Oskar so vermissen.«

»Oder auch nicht«, flüstert Kokosnuss freudig – denn natürlich haben Oskar und er längst einen Plan ausgeheckt.

Auch im Dorf der Fressdrachen laufen die Vorbereitungen für das Ferienlager auf Hochtouren. Chef hat alle seine Küchenutensilien in ungefähr 37 Kisten verpackt – und die versucht er nun auf einen Holzkarren zu stapeln. Papa Herbert und Oskar schauen ihm kopfschüttelnd zu.
»Also, Sohn, du musst nur ein Wort sagen, dann darfst du zu Hause bleiben. Als Junge habe ich Ferienlager gehasst«, sagt Herbert.
»Aber ich fahre sehr gern mit«, versichert ihm Oskar.
»Echt?«, fragt Herbert ungläubig.
»Oooooskar!«, ruft da Adele, Oskars Mama. Sie kommt mit einer großen Holzkiste in den Armen angelaufen. »Oskar, mein Schatz, ich habe vegetarische Sandwiches und Snacks für dich vorbereitet, drei Mahlzeiten pro Tag.«
»Cool!«, freut sich Oskar. »Danke, Mama!«
»Ja, aber iss nicht alles auf einmal, hörst du?«, mahnt sie.
»Okay, okay …«, murmelt Oskar.
»Na, dann wollen wir mal sehen, ob dafür noch Platz auf Chefs Wagen ist«, sagt Herbert.
Oskar hat es plötzlich eilig. »Ich muss Matilda Auf Wiedersehen sagen, die kann ja nicht mitfahren. Bis später!«, ruft er und läuft davon.

Außer Atem kommt er in der Drachenbucht an – und bleibt verwundert stehen: Unglaublich! Überall wuseln Drachen umher, Fressdrachen und Feuerdrachen. Dazwischen läuft

Balduin, der Höhlendrache, mit einem Klemmbrett herum. Offenbar überprüft er, ob alles an Bord ist, was ins Ferienlager mitgenommen werden muss. Mini Mo und Big Bo verfrachten eine Holzkiste nach der anderen an Bord des Schaufelraddampfers. Wer hätte gedacht, dass so viele Drachen kommen würden, um die Reisenden zu verabschieden? Aber wo sind Kokosnuss und Matilda? Ach ja, da hinten, ein bisschen abseits stehen sie.

»In einer Holzkiste?«, ruft Matilda.

»Bitte sag, dass du mitkommst«, bettelt Kokosnuss. »Ferien ohne dich machen einfach keinen Spaß!«

»Das stimmt!«, ruft Oskar. »Ach bitte, Matilda, komm mit!«

»Aber doch nicht in einer Holzkiste …«, stammelt Matilda.

»Irgendwie müssen wir dich an Bord schmuggeln«, sagt Kokosnuss. »Du weißt, dass du nicht mitfahren darfst, weil du …«

»… kein Drache bist. Ja, ja, hab schon verstanden«, sagt Matilda. Dann grinst sie. »Ehrlich gesagt wüsste ich nicht, was ich die ganze Zeit ohne euch machen sollte. Also hopp!« Sie springt in die Holzkiste. »Und du hast das bis zum Ende durchdacht, Kokosnuss?«

»Klaro. Wenn wir da sind, holen wir dich raus.«

»Und wenn sie mich vorher finden?«

»Werden sie nicht. Und wenn, werden sie wegen eines einzelnen Stachelschweins bestimmt nicht umdrehen.

Schließlich dient das Ferienlager ja einem großen Ziel, was, Oskar?« Kokosnuss zwinkert Oskar zu.
»Was? Äh, genau. Für Freundschaft und Frieden!«
»Ja, Fress- und Feuerdrachen sollen sich in Zukunft besser vertragen, du verstehst …«
Matilda seufzt. »Also, dann wollen wir mal.«
Sie duckt sich und Kokosnuss schiebt den Holzdeckel auf die Kiste.
»Du musst nur einfach ganz still sein«, flüstert Kokosnuss durch eine Ritze, während er und Oskar die Kiste zur Bucht schleppen. »Hörst du, Matilda … Matilda?«
»Du hast gesagt, ich soll still sein«, raunt Matilda. »Also bin ich still, klar?«
»Hi hi, genau«, grinst Kokosnuss. »Du machst das schon … Balduin!«, ruft er dann. »Hier haben wir noch eine Kiste!«
Balduin kommt geschäftig angelaufen. »Noch eine? Prima, die kann Big Bo gleich an Bord hieven.«
In diesem Augenblick kommt Chef mit seinem Holzkarren voller Holzkisten an. Balduin reißt die Augen auf – und läuft hinüber zu Chef.
»So viele Kisten!«, raunt Oskar. »Woher wissen wir, in welcher Matilda ist?«
»Ich habe sie mit einem kleinen Kreuz markiert, siehst du?«, sagt Kokosnuss. Das kleine Kreuz ist kaum zu sehen. Das hat Kokosnuss wirklich schlau gemacht!

»Was soll das denn bedeuten?«, ruft Lehrerin Proselinde streng. Aufgeregt flattert sie auf Chefs Wagen zu, landet und baut sich vor dem Fressdrachen auf. Chef überragt die Lehrerin um zwei Köpfe, aber das ist der strengen Feuerdrachin einerlei. »Sie kennen die Regeln. Eine Kiste pro Drache! Und Sie haben mindestens vierzig!«
»Madame«, schnarrt Chef. »Ich bin Künstler. Wollen Sie mich etwa in meinen Kochkünsten beschränken? Ich brauche meine Küchenaccessoires, um wahre Gaumenfreuden zu kreieren. Nicht, dass ich denke, Sie als Feuerdrachin würden dafür Verständnis aufbringen!«
»Regeln sind Regeln, und die sind einzuhalten. Auch von einem Ignoranten wie Ihnen!«, faucht Proselinde unbeeindruckt.
»Moment, Moment!«, ruft Magnus. Japsend vom schnellen Laufen stellt er sich zwischen die beiden Streitdrachen. »Ich bin sicher, das bekommen wir hin. Schließlich geht es hier um Frieden und Freundschaft!«
Doch so leicht sind Chef und Proselinde nicht zu besänftigen. Erst als das Schiffshorn tutet, lassen sie voneinander ab und gehen mit einem bedröppelten Magnus an Bord.
Vor dem Schiff drängen sich die Drachen gespannt zusammen. Oskar und Kokosnuss zwinkern einander zu – gleich geht die Reise los!
»Oskar? Oooskar!«, ruft Adele und macht, als Oskar sich suchend umschaut, ein Foto von ihm.

Auch Ananas, Mango und Pampelmuse sind da. Mit fiesem Blick schaut Ananas zu einem Fressdrachenmädchen mit halblangen Haaren hinüber.
»Was für ein Haarschnitt!«, raunt sie ihren Schwestern zu. »Null Geschmack! Würde uns nie passieren!«
Ihre Schwestern nicken – bis plötzlich ein großer Fressdrachenjunge, der dicht hinter dem Mädchen steht, sich knurrend nähert.
Mette und Opa Jörgen schauen erwartungsvoll zu Magnus hoch, der nun mit Chef und Proselinde auf der Kommandobrücke steht. Er kramt ein Blatt Papier hervor und räuspert sich.
»Liebe Drachinnen und Drachen, es …«
»Lauter!«, ruft ein Drache von weiter hinten. »Wir hören hier nix!«
Magnus räuspert sich noch einmal und schreit: »LIEBE DRACHINNEN UND DRACHEN, ES IST …«
Erschrocken fängt ein Babydrache in der ersten Reihe an zu plärren.
»Schreien Sie doch nicht so!«, ruft die Mutter empört. »Sie machen meinem Kleinen ja Angst.«
Magnus stöhnt ergeben. Klar und deutlich ruft er nun: »Liebe Drachinnen und Drachen, wir …«
»Das sagtest du schon«, mosert ein Drache aus der zweiten Reihe.
Aber Magnus lässt sich nun nicht mehr aufhalten. »Es ist

mir eine besondere Ehre, Sie heute zur Jungfernfahrt des Schaufelraddampfers ›Freundschaft‹ begrüßen zu dürfen.«
Die Drachen applaudieren höflich.
»Der Name dieses herrlichen Schiffs steht für unser wunderbares Vorhaben: Wir haben ein gemeinsames Ferienlager für Fressdrachen und Feuerdrachen organisiert, um einander besser kennenzulernen, voneinander zu lernen und Freundschaften zu schließen. Die Kinder werden von Lehrerin Proselinde, dem Koch Chef und meiner Wenigkeit begleitet. Und nun stellen sich die Kinder vor.«
Er nickt den Obstschwestern zu und Ananas tritt vor. »Ich bin Ananas und das sind Mango und Pampelmuse.«
»Wir sind die Obstschwestern!«, ruft Mango.
»Genau«, sagt Pampelmuse.
Klick, klick, machen die Kameras der umstehenden Drachen – und die Schwestern werfen sich in theatralische Posen.
Das Fressdrachenmädchen verdreht verächtlich die Augen, dann tritt sie vor, dicht gefolgt von zwei großen Fressdrachenjungen.
»Ich bin Desiree und das sind Dennis …« Sie zeigt auf einen schlaksigen Kerl mit halblangen Haaren.
»Hi!«, ruft Dennis.
»… und Dirk.« Damit zeigt sie auf den bulligen Jungen, der zwei Hörner auf der Nase und ein breites Grinsen im

Gesicht hat. »Dirk sagt meist nicht so viel«, erklärt Desiree. »Zusammen sind wir das Team ›Fresstest‹!«
Wieder klicken die Kameras.
Kokosnuss zuckt mit den Schultern. Jetzt sind Oskar und er dran … Dass auch ihr Team aus drei Leuten besteht, kann er hier und jetzt ja nicht sagen.
»Ich bin Kokosnuss, das ist Oskar«, sagt er nur.
»Tsä«, macht Ananas. »Und ihr seid das Verliererteam.«
Desiree grinst und aus dem Publikum kommen ein paar Lacher.
»Ach, Ananas. Lustig wie immer«, sagt Kokosnuss. »Unser Team heißt ›Freundschaft‹, denn Oskar und ich sind schon eine Ewigkeit miteinander befreundet. Aber so eine Stinknudel wie du weiß wahrscheinlich nicht einmal, was das bedeutet?«

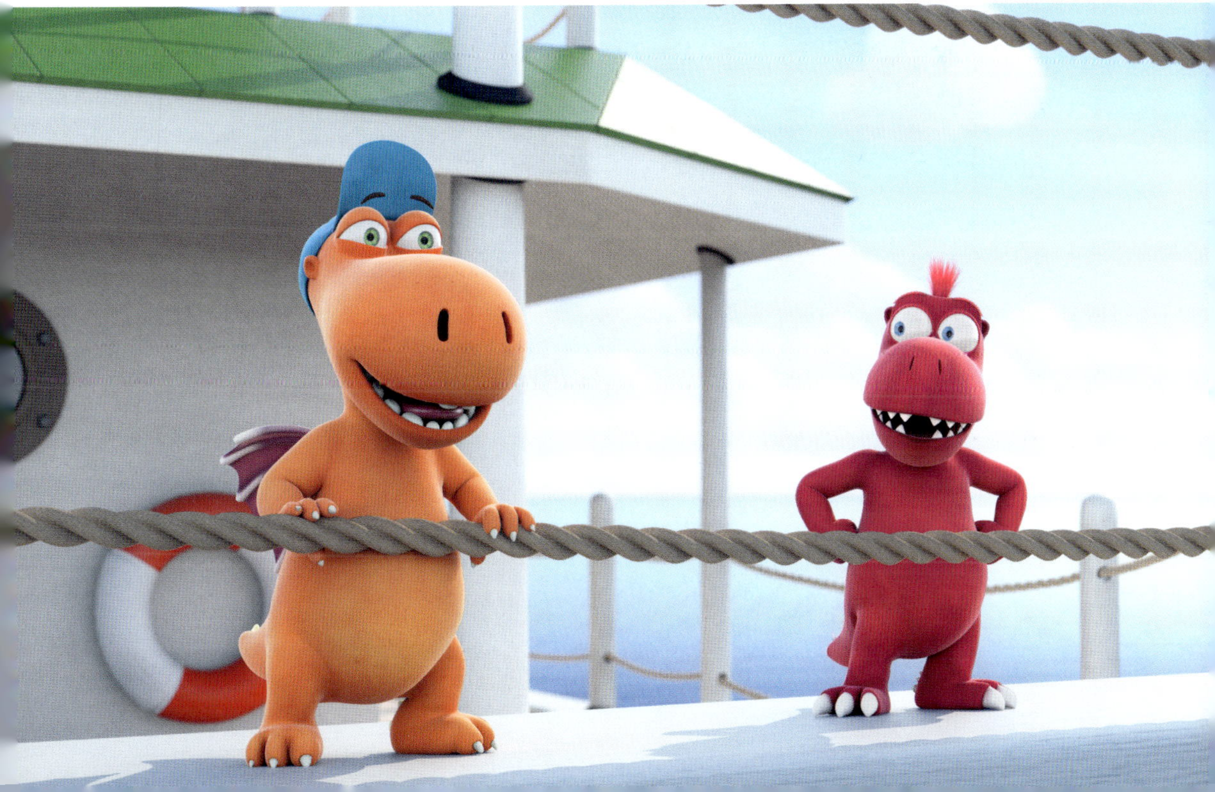

Er legt Oskar den Arm um die Schulter. Ananas' Mund bleibt einen Augenblick offen, dann tutet das Schiffshorn wieder.
»Alle Drachen an Boooord!«, ruft Chef mit dröhnender Stimme. »Frauen und Kinder zuerst, hihi!«
Desiree will schon den Landungssteg betreten, da drängelt sich Ananas vor. »Er sagte doch was von Frauen«, sagt sie schnippisch. Schon wuselt sie mit ihren Schwestern im Schlepptau den Bootssteg hinauf.
Das lässt Desiree nicht auf sich sitzen. »Hör mal, Dirk«, flüstert sie. »Wer zuerst an Bord ist, bekommt heute Abend meinen Nachtisch.«
»Oh«, macht Dirk verdutzt. Dann kapiert er und rennt los. Er prescht mit einer solchen Geschwindigkeit den Steg hoch, dass die Schwestern links und rechts hinunterfallen. Allerdings platschen sie nicht ins Wasser, weil sie ja fliegen können! Sie werfen Desiree böse Blicke zu.
Das kann ja heiter werden, denkt Kokosnuss.
Aber er ist fest entschlossen, dass dies die besten Ferien seines Lebens werden. Er zurrt seinen Rucksack fest, läuft den Steg hoch und geht an Bord der »Freundschaft«.
Das Horn tutet. Das Schaufelrad beginnt sich zu drehen. Der Anker wird gelichtet und der Steg eingezogen. Die Fahrt beginnt! Am Ufer stehen die Drachen und jubeln und winken mit Taschentüchern. Die Passagiere stehen an der Reling der »Freundschaft« und winken zurück.

»Katta brakka aloo chaka, Kokosnuss!«, ruft Opa Jörgen.
»Katta brakka aloo chaka, Opa!«, ruft Kokosnuss.
»Gute Reise!«, ruft Mette. »Und pass gut auf Papa auf!«
»Mach ich!«, ruft Kokosnuss und grinst Oskar an. »Ferienlager, wir kommen! Juhuuu!«
Langsam entfernt sich der Schaufelraddampfer vom Ufer und fährt auf den offenen Ozean hinaus.
»Das wird ein ruhiger Sommer, ohne Kokosnuss«, seufzt Big Bo.
»Oh ja«, seufzt Mini Mo. »Viel zu ruhig …«

Eine Dampferfahrt ist lustig …

Mit stampfenden Schaufelrädern gleitet der Dampfer durch die Wellen des weiten Ozeans.

»Ist das schön!«, sagt Kokosnuss.

»Was machen wir eigentlich im Ferienlager?«, fragt Oskar.

»Viele lustige Sachen. Wir wandern … machen Lagerfeuer … spielen und freunden uns mit Ananas, Mango und Pampelmuse, Desiree, Dennis und Dirk an.«

»Na, das musst du denen vielleicht noch mal erklären«, sagt Oskar.

Kokosnuss weiß sofort, was Oskar meint, denn keine Stunde vergeht, in der sich die sechs Drachen nicht gegenseitig ärgern!

Desiree kleckert Ananas beim Sonnenbaden Vanilleeis auf den Bauch. Und als Ananas empört aufspringt, schaut Desiree unschuldig in den Himmel – wo gerade eine Möwe vorbeifliegt.

»Vogelschiss?«, kreischt Ananas und springt panisch ins Wasser.

Als Nächstes stellen Ananas, Mango und Pampelmuse

einen Eimer Wasser über der Tür auf. Doch als sich die Tür öffnet, bekommt nicht, wie erhofft, Dirk das Wasser ab – sondern Lehrerin Proselinde! Wie peinlich!
Als Desiree, Dennis und Dirk angeln, tauchen die Schwestern und verknoten die Angelleinen, sodass die drei Fressdrachen meinen, sie hätten Fische gefangen. Sie ziehen und ziehen – und verheddern sich in den verknoteten Angelschnüren … Nee, nee, auf dieser Reise müssen alle noch eine Menge dazulernen!
Zu allem Übel wird Oskar richtig seekrank! Matilda darf ihm nicht mal helfen und muss in ihrer Kiste versteckt bleiben. Kokosnuss hat alle Hände voll zu tun, um nach seinen Freunden zu sehen: Wie geht es Oskar an der Reling? Wie Matilda in der Kiste? Wenn sie nur schon im Sommerlager wären!
Proselinde lenkt den Dampfer von der offenen See in eine schmale Meerenge. Links und rechts ragen hohe, grün überwucherte Felswände auf, die dicht beieinanderliegen. Plötzlich steht der Dampfer still. Was ist los? Haben sie ihr Ziel erreicht?
Kokosnuss schaut zu den drei erwachsenen Drachen auf der Kommandobrücke, zu Proselinde am Steuer, zu Chef, der Magnus gerade das Fernglas aus den Händen reißt – und zu seinem Vater, der eine tiefe Sorgenfalte auf der Stirn hat. Und da bemerkt es auch Kokosnuss: Vor ihnen im Wasser und auf einer Hängebrücke, die zwei hohe Felsen-

inseln miteinander verbindet, stehen blaue Wasserdrachen! Und sie sehen nicht freundlich aus. Eigentlich sogar ziemlich feindselig.

Bis auf einen ganz kleinen Wasserdrachen. Er steht hinter einem Erwachsenen auf der Brücke. Freundlich winkt er Kokosnuss zu. Kokosnuss winkt zurück.

Magnus räuspert sich. »Hrm, verehrte Wasserdrachen, wenn Sie die Freundlichkeit besäßen, vielleicht ein Stückchen beiseitezutreten und uns durchzulassen?«

Der vorderste Wasserdrachen knurrt ärgerlich.

Magnus lächelt betreten. »Das heißt wohl Nein, richtig?«

Kokosnuss ist auf die Kommandobrücke gelaufen.

»Lass mich mal, Papa«, flüstert er. Laut ruft er: »Katta brakka aloo chaka!«
Plötzlich bricht Gemurmel unter den Wasserdrachen aus. Doch der vorderste Wasserdrache schüttelt den Kopf.
»Balla chaggo naggo chaka!«, ruft er.
Ups, damit hat Kokosnuss nicht gerechnet. Natürlich hat er nicht verstanden, was der Wasserdrache gesagt hat. Er weiß ja nicht einmal, was er selbst auf Wasserdrachisch gesagt hat … Aber so schnell gibt er nicht auf!
»Katta brakka aloo chaka«, ruft er noch einmal.
»Balla … chaggo … naggo … chaka!«, wiederholt der vordere Wasserdrache und betont dabei jedes Wort.
Kokosnuss grinst verlegen. »Katta brakka …«, versucht er es noch einmal.
Doch der Wasserdrache unterbricht ihn wütend. »Balla

chaggo naggo chaka! Balla chaggo naggo chaka!«, brüllt er.
Erschrocken macht Kokosnuss einen Schritt zurück.
»Ist gut, Kokosnuss, das reicht«, sagt Magnus. »Ähm, danke.« Ratlos schaut er zu Proselinde, aber die weiß auch nicht weiter.
»Aus irgendeinem Grund wollen sie uns nicht vorbeilassen«, wundert sich Kokosnuss.
»Was für Blödmänner!«, schnauzt Desiree.
»Da muss ich ihr leider recht geben«, seufzt Ananas.
Kokosnuss blickt in die grimmigen Gesichter der Wasserdrachen. Der Kleine oben auf der Brücke winkt wieder, als Kokosnuss hochblickt. Doch diesmal bemerkt es der Erwachsene und fährt ihn an. Sofort lässt der Kleine die Hand sinken.
Was ist hier los?, fragt sich Kokosnuss.
»Schnickschnack!«, brüllt da Chef. »Ich habe eine andere Route gefunden. Drehen wir um und lassen diese Trottel, wo sie sind.«
Proselinde runzelt verwundert die Stirn, aber hier kommen sie ja auch nicht weiter. Also wendet sie den Dampfer.
Kokosnuss gesellt sich wieder zu Oskar und blickt den Wasserdrachen nach.
»Immerhin haben wir Wasserdrachen gesehen«, meint er.
»Genau«, sagt Oskar. »Immer positiv bleiben.« Aber da wird ihm schon wieder schlecht …

S.O.S. – Dampfschiff in Not!

Das Dampfschiff fährt durch ein Labyrinth von hochaufragenden Felsen.
»Hier müssen Sie sich links halten«, sagt Chef und deutet auf den linken der drei Wasserwege, die sich vor ihnen auftun.
»Sicher?«, fragt Proselinde.
»Hundert Prozent!«
Proselinde gibt dem Steuerrad einen mächtigen Schwung – und der Dampfer fährt in die linke Schlucht hinein. Auch hier sind die Felswände grün bewachsen. Links und rechts ragen spitze Felsen aus dem Wasser!
»Riffe!«, keucht Kokosnuss.
Auch Proselinde hat die Gefahr bemerkt. Geschickt umschifft sie die kleinen Felsen.
»Wie? Was?«, brüllt Chef. »Wieso? Hier ist doch alles … Moment …« Er starrt auf seine Karte.
»Sie sagten, das sei der richtige Weg«, sagt Proselinde.
»Ja, ja«, japst Chef. Dann dreht er die Karte um und wird blass. »Nein! Ach, ein kleiner Fehler. Kann ja mal passieren.«

Energisch umfährt Proselinde einen weiteren Felsen. Doch mit einem Mal … KRSCH … RUMMS! Das Schiff hat einen unter der Wasseroberfläche liegenden Felsen gerammt! Es tut einen gewaltigen Schlag! Chef verliert das Gleichgewicht, Magnus schwankt und Proselinde knallt mit dem Kopf gegen das Steuerrad und fällt in Ohnmacht.
Die Kinder, die gerade beim Essen sind, werden durchgerüttelt und fallen von den Bänken. Plötzlich bekommt das Schiff Schräglage.
»Was soll jetzt das?«, fragt Chef ungehalten.
Das Heck sinkt, der Bug ragt immer höher in den Himmel.
Chef und Magnus schauen sich an und begreifen.
»Alle Mann von Bord! Das Schiff sinkt!«

Die Kinder kreischen entsetzt auf und eilen zu den Rettungsbooten. Entschlossen wirft Dirk das erste Schlauchboot ins Wasser. Doch statt einzusteigen, fliegen Ananas und ihre Schwestern einfach auf und davon.
»Schöne Lebensretter seid ihr!«, ruft ihnen Desiree nach.
»Gar nicht nett«, murmelt Dennis. Dann hilft er Desiree und Dirk beim Einsteigen.
»Wir müssen Matilda holen«, flüstert Kokosnuss Oskar zu. Oskars Augen werden ganz rund – und dann rennt er mit Kokosnuss Richtung Laderaum.
»Kokosnuss!«, ruft Magnus von oben. Er hat die ohnmächtige Proselinde in den Armen und flattert schon über dem Wasser – was ihm mit dem zusätzlichen Gewicht der Drachendame sichtlich schwerer fällt als sonst.
»Kokosnuss, ich muss Proselinde ans Ufer bringen. Kümmere dich um Oskar! Bringt euch in Sicherheit!«
»Kein Problem, Papa!«, ruft Kokosnuss. »Wir nehmen ein Schlauchboot und kommen nach!«
Ächzend fliegt Magnus davon.
»Aus dem Weg«, brüllt Chef, beladen mit Töpfen und Pfannen. »Zuerst wird gerettet, was wirklich wichtig ist!«
Kokosnuss und Oskar schauen ihm kopfschüttelnd nach – dann steigen sie in den Laderaum.
»Matilda?«, rufen Oskar und Kokosnuss in die Dunkelheit.
»Keine Panik auf der Titanic«, sagt Matilda gelassen. Sie sitzt auf einer Holzkiste. »Was gibt's denn?«

»Das Schiff sinkt!«
»Im Ernst? Das erklärt die Schieflage. Heiliger Bimbam, dann nichts wie raus hier!«, ruft Matilda.
Sie stürmen die Treppe hinauf an Deck und zu den Rettungsbooten.
»Mist!«, ruft da Kokosnuss. »Ich habe Opa Jörgens Flagge vergessen. Die ist echt wertvoll! Nehmt euch ein Boot, ich fliege euch hinterher!«

Schon dreht er sich um und rennt davon.
»Wie geht es dir?«, fragt Matilda Oskar. »Bist du noch seekrank?«
Oskar schaut sie erstaunt an. »Jetzt, wo du's sagst … Vor lauter Aufregung habe ich glatt vergessen, seekrank zu sein!« Und schon wird er grün um die Nase und übergibt sich … ins Schlauchboot.
»Na toll«, sagt Matilda. »Nimm du mal das hier. Ich seh mich nach einem anderen Boot um.«
»Aber, aber …«
»Kein Aber.« Sie versetzt Oskar einen aufmunternden Klaps auf die Schulter – sodass er kopfüber ins Rettungsboot purzelt und dem mit Töpfen und Pfannen vollgepackten Boot von Chef hinterhertreibt.
Ruckzuck schnappt Matilda sich das letzte Schlauchboot, stößt es ins Wasser und klettert vorsichtig hinein. Sie muss aufpassen: Ihre Stacheln und die mit Luft gefüllten Gummiwände des Bootes vertragen sich nicht so gut …

Inzwischen hat Magnus Proselinde sicher am Strand abgelegt. Sofort wird die Lehrerin von Ananas und ihren Schwestern umringt und betüddelt. Langsam richtet sie sich wieder auf – und Magnus sinkt erschöpft in den Sand.

»Kokosnuss!«, ruft Matilda. Wo steckt er denn? Das kann doch nicht so lang dauern, diese olle Flagge zu finden, oder? Noch einmal holt sie tief Luft. »KOKOSNUSSSS …«
Pfschschsch!
Mist, sie hätte sich beim Rufen nicht zurücklehnen dürfen. Nun hat doch einer ihrer Stacheln die Gummiwand durchbohrt. Die Luft entweicht aus einer der Luftkammern und das Boot flitzt los wie eine Rakete – hinaus aufs offene Meer! Schnell bricht Matilda eine Stachelspitze ab und verstopft damit das kleine Loch. Doch zu spät. Das Boot schwimmt schon weit draußen auf dem Ozean. Vom Strand aus ist es kaum noch zu sehen.

Kokosnuss hat Opa Jörgens Flagge gefunden. Sicher verstaut er sie im Rucksack. Jetzt aber nichts wie los! Der Dampfer wird jeden Augenblick untergehen.
Jemand hat das ganze Unglück beobachtet: der kleine Wasserdrache! Als das große Schiff mit den fremden Drachen umdrehte, ist er ihm heimlich gefolgt, immer am Ufer entlang, von einer Felseninsel zur nächsten, erst über eine Hängebrücke, dann über die nächste. Nun steht er auf

einer der Hängebrücken und kann es nicht fassen: Der prächtige Schaufelraddampfer liegt tief im Wasser! Und die fremden Drachen sind weg. Oder? Er beugt sich noch etwas weiter über das Halteseil. Plötzlich knackt es unter ihm …

Kokosnuss flattert mit den Flügeln – und hebt ab. Da trifft ihn ein Stück Holz am Kopf. Autsch! Verdutzt schaut er nach oben und sieht den kleinen Wasserdrachen. Die Holzplanke unter ihm ist gebrochen! Wie ein Stein plumpst er genau auf Kokosnuss zu. Der streckt die Arme aus – und fängt den kleinen Wasserdrachen auf. Die Wucht des Sturzes wird leider nur etwas abgebremst. Unsanft, aber heil landen beide an Deck des sinkenden Schiffs.

»Puh«, stöhnt Kokosnuss.

Der kleine Wasserdrache rappelt sich auf und schaut Kokosnuss ins Gesicht.
»Tankie tanka«, sagt er. Dann rennt er auf die Reling zu und stürzt kopfüber ins Wasser. Weg ist er!
»Warte!«, ruft Kokosnuss. Aber da erreicht das Wasser seine Füße und im Schiffsinneren blubbert es unheilvoll. Also nichts wie los! Kokosnuss hebt ab und fliegt zum Strand.

»Allen Feuerdrachengeistern sei Dank!«, seufzt Magnus, als Kokosnuss vor ihm landet. Oskar ist auch schon da und starrt auf das Schiff.
»So was Blödes, das schöne Schiff«, seufzt er.
Blubbernd und gurgelnd versinkt der Schaufelraddampfer in den Fluten. Bis auf die hohen Schornsteine ist nun nichts mehr davon zu sehen.
»Allerdings … jetzt, wo ich wieder festen Boden unter den Füßen habe, habe ich auch gleich großen Appetit«, stellt Oskar freudig fest. »Ich könnte ein ganzes Festmahl verspeisen!«
Kokosnuss blickt sich suchend um. »Und wo ist Matilda?«
Oskar reißt die Augen auf. »Ich dachte, sie wäre bei dir?«
Aber Kokosnuss schüttelt nur den Kopf. »Wir müssen Magnus sagen, dass Matilda fehlt. Komm.«
Die Erwachsenen stehen beieinander und betrachten eine triefend nasse Karte.

»Da … und dann da lang«, sagt Chef, gerade als sich Kokosnuss und Oskar nähern.
Proselinde reibt sich den schmerzenden Kopf. »Und Sie sind sich diesmal ganz sicher?«, fragt sie spitz.
»Hören Sie, ich habe mich vorhin geirrt«, protestiert Chef. »Das kann doch mal passieren.«
»Lassen wir das! Das führt zu nichts«, geht Magnus dazwischen. »Wichtig ist jetzt nur, dass wir die Kinder sicher zum Sommerlager bringen.«
Er blickt Richtung Dschungel, der direkt hinter dem schmalen Streifen Strand beginnt, und schüttelt sich heimlich. Dann blickt er wieder auf die Karte.
»Alle Inseln in diesem Archipel sind untereinander mit Brücken verbunden«, stellt Chef fest.
Magnus nickt.
»Das Sommerlager liegt zwar auf einer anderen Insel, aber über die Brücken könnten wir es vor Einbruch der Dunkelheit dorthin schaffen.«
»Dann mal los«, sagt Proselinde und klatscht in die Hände. »Kinder! Macht euch bereit. Wir machen eine kleine Wanderung … durch den Dschungel … zum Ferienlager!«
Natürlich hält sich die Begeisterung bei den Schwestern in Grenzen. Sie wären lieber geflogen … Doch Freunde halten zusammen – und bleiben zusammen. Auch im Dschungel.
Murrend packen die Drachenkinder zusammen, was sie vom Schiff retten konnten.

Kokosnuss hält seinen Vater zurück. »Papa … ähm … Matilda fehlt.«
Magnus schaut Kokosnuss mit großen Augen an. »Ach, Junge, natürlich fehlt dir deine Freundin. Aber könnten wir vielleicht später darüber reden, wenn wir im …«
»Wir haben Matilda an Bord geschmuggelt«, gibt Kokosnuss zu.
»WIE BITTE?«, ruft Magnus entsetzt.
»Das war ein Fehler, ich weiß«, stammelt Kokosnuss. »Und als das Schiff sank, war sie an Deck, aber seitdem haben wir sie nicht mehr gesehen. Am Strand scheint sie nicht angekommen zu sein.«

Magnus blickt hektisch über die Schulter. Die anderen Drachen haben schon den Waldrand erreicht. »Wir werden sie suchen …«, verspricht er.
»Danke, Papa!«, ruft Kokosnuss und umarmt Magnus.
»Sobald wir das Lager erreicht haben«, sagt Magnus.

Schockiert macht Kokosnuss einen Schritt zurück. »Nein, das geht nicht. Matilda schwebt vielleicht in Lebensgefahr. Wir müssen sofort los!«
Doch Magnus bleibt hart. »Vielleicht schweben wir alle in Lebensgefahr. Sicher sind wir erst, wenn wir im Lager sind. Dann suchen wir Matilda. Punkt.« Damit nimmt er eine Holzkiste auf den Rücken und folgt den anderen. »Kommt jetzt!«, ruft er.
»Dann geh doch ins Lager«, flüstert Kokosnuss. »Komm, Oskar.«
»Und mein Festmahl?«, fragt Oskar. Hin- und hergerissen blickt er den anderen Drachen nach, die eben im Urwald verschwinden, und Kokosnuss, der zum Strand zurücktrottet. Schließlich seufzt er – und folgt seinem besten Freund.

Wo ist Matilda?

Matilda sitzt stachelschweinseelenallein in ihrem Schlauchboot mitten auf dem Ozean und versucht, mit einem winzigen Paddel wieder an Land zu rudern. Das ist ganz schön anstrengend für so ein kleines Stachelschwein. Plötzlich taucht eine Rückenflosse an der Wasseroberfläche auf. Ein Hai? Matilda paddelt ein bisschen schneller. Aber die Rückenflosse kommt immer näher. Der Hai ist viel schneller als sie. Ängstlich schaut sich Matilda um. Als Haifischfutter möchte sie nun wirklich nicht enden. Um sich Mut zu machen, murmelt sie vor sich hin: »Was einem Hai echt gar nicht schmeckt ist Stachelschwein, das im Hals feststeckt. Stachelschwein, was soll ich sagen, liegt Haien einfach schwer im Magen!«
Ob sich der Hai davon überzeugen lässt?

Oskar hat den ganzen Strand abgesucht, während der kleine Feuerdrache auf der Suche nach Matilda die Küste entlanggeflogen ist.
»Nichts«, schnauft Kokosnuss und landet vor Oskar im Sand.
»Nichts«, stöhnt Oskar. »Keine Matilda weit und breit.

Vielleicht haben die Wasserdrachen sie entführt?«, überlegt Oskar laut. »Diese Typen sind irgendwie unheimlich, finde ich.«
»Glaub ich nicht«, sagt Kokosnuss.
Die Wasserdrachen haben ihnen zwar den Weg versperrt, aber Kokosnuss wird das Gefühl nicht los, dass sie das nicht aus Feindseligkeit getan haben … Er schaut auf die beiden Schornsteine des Dampfers, die aus dem Wasser ragen.
»Und wenn sie doch noch an Bord ist?«, fragt er.
»Ist sie nicht«, sagt Oskar.
»Ja aber, wenn doch?«, fragt Kokosnuss. »Wir müssen uns vergewissern. Wir müssen das Schiff durchsuchen.«
»Durchsuchen?«, schreit Oskar. »Das heißt, du willst ins Wrack tauchen? Du hast ja nicht alle Birnen im Rucksack! Das ist viel zu gefährlich.«
Aber Kokosnuss ist fest entschlossen. Was soll Oskar da machen? Natürlich begleitet er seinen Freund – auch wenn er nicht glaubt, dass Matilda noch auf dem Schiff ist.
Die beiden nehmen eines der kleinen Schlauchboote, die noch am Strand liegen, und paddeln zum Wrack. Mit den Taucherflossen an den Füßen springen sie ins Wasser und lassen sich in die Tiefe gleiten. Die oberen Wasserschichten sind von Sonnenlicht durchflutet. Alles ist deutlich zu erkennen: Das Schiff sitzt auf einem Felsvorsprung fest. Das Leck, also die Stelle, wo der Felsen die Bordwand aufgerissen hat, ist so groß wie ein ausgewach-

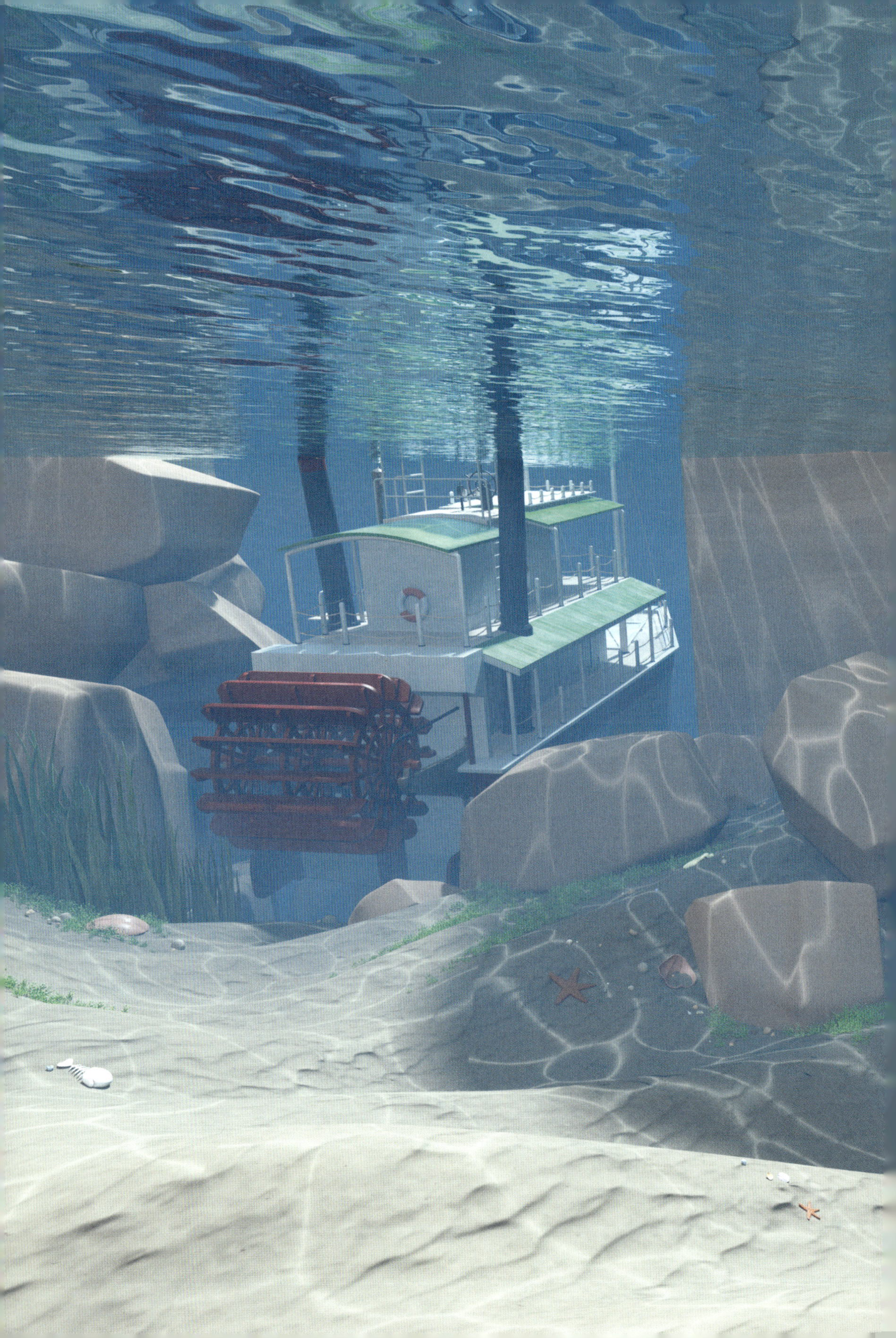

sener Fressdrache – kein Wunder, dass das Schiff so schnell gesunken ist.
Oskar blickt sich um – und starrt einem großen Fisch direkt in die Glotzaugen und erschrickt.
»Ahrgblubblubb.«
Kokosnuss tippt ihm auf die Schulter und deutet auf das Leck. Durch das will er ins Schiff tauchen? Oskar stöhnt, dass kleine Luftblasen aufsteigen. Aber was soll er tun? Kokosnuss ist nun mal sein Freund … Vorsichtig schwimmen sie durch das Loch in der Bordwand. Ein Teil des Schiffes ist voll Wasser. Der obere Teil – auch die Stufen zum Laderaum ragen aus dem Wasser. Hier gibt es Sauerstoff. Prustend atmen Kokosnuss und Oskar aus und holen dann tief Luft.
»Boah, hast du dieses Riesenvieh gesehen?«, ruft Oskar.
»Beruhige dich, es war doch nur ein Fisch«, sagt Kokosnuss. Er schaut sich um – und schreit erschrocken auf!
»Uaaah!«
Aber, puh, es ist nur der Riesenfisch, der neugierig von außen durchs Bullauge glotzt.
»Hihi«, kichert Oskar.

»Nur ein Fisch, was?«
Kokosnuss zuckt mit den Schultern.
»Lass uns im Laderaum nach Matilda suchen.«
Sie steigen die Treppe hinauf.
»Matilda! Matildaaa!«, rufen sie.

Grunzend und stöhnend bahnt Chef mit seinem Küchenmesser einen Weg durch das Dickicht des Dschungels. Eine Liane ... und noch eine ... Mit einem Mal bleibt er verdutzt stehen. Sie sind auf eine Lichtung gestoßen!
»Das ist perfekt!«
»Was ist perfekt? Für was?«, will Magnus wissen, der Chef auf den Fersen folgt.
»Dieser Ort«, sagt Chef. »Für ein Picknick, natürlich.«
»Ich denke, wir sollten lieber zusehen, dass wir das Ferienlager so schnell wie möglich erreichen«, sagt Proselinde streng. »Wir haben keine Zeit zu verlieren.«
Chef stemmt die Arme in die Hüften. »Madame, Sie sind doch Lehrerin und wissen alles. Dann müssten Sie auch wissen, dass wir schon seit einer Ewigkeit unterwegs sind.«
»Eine Ewigkeit?«, fragt Proselinde spitz. »Höchstens eine halbe Stunde.«
»Eine halbe Stunde mit Ihnen ist eine Ewigkeit«, sagt Chef. »Und jetzt wird gegessen.«
Nun drängen auch die Kinder durch das Dickicht auf die Lichtung. Ananas schaut sich um. Mit gerümpfter Nase betrachtet sie die kleinen zerfallenen Hütten, die auf der Lichtung stehen.
»Was soll das denn sein? Ist das das Ferienlager?«
»Nein, ähm«, sagt Magnus. »Ich glaube, das ist ein verlassenes Wasserdrachendorf.«
»Wasserdrachen?«, kreischt Mango. »Und wer sagt, dass

die nicht jeden Augenblick zurückkommen? Wir sollten von hier verschwinden!«
»Genau!«, sagt Pampelmuse.
»Hey, bleibt mal locker«, meldet sich Dennis. »Das sieht doch jeder Maulwurf, dass hier ewig keiner mehr war.«
»Dann wüsste ich aber zu gern, warum die Wasserdrachen hier weggezogen sind«, sagt Mango.
»Tsä«, macht Ananas. »Würdest du hier freiwillig wohnen wollen? Also!«
Laut und vernehmlich rumpelt es in Dirks Magen.
»Du hast so recht, Kumpel«, sagt Dennis.
Desiree nickt. »Chef, wir haben Hunger.«
Chef blickt zu Proselinde. »Sagt das doch ihr.«
Proselinde verdreht die Augen. »Na, wenn's sein muss. Dann aber schnell.«
»Madame, große Kunst braucht Zeit!«, ruft Chef, bemerkt dann aber Magnus' mahnenden Blick. Richtig, hier geht es ja um so ein »Freundschaftsdings«. Soll keiner sagen, Fressdrachen wüssten nicht, was »Freundschaft« bedeutet! Chef zuckt mit den Schultern. »Aber für wahre Könner natürlich kein Problem. Ich mach so schnell ich kann.«
Schon kramt er in seinen Kisten, um seine Kochutensilien rauszuholen.
Magnus schaut sich um. »Wo sind denn Kokosnuss und Oskar?«

»Stachelschwein, was soll ich sagen, liegt Haien einfach schwer im Magen!«, singt Matilda jetzt, so laut sie kann. Tatsächlich! Die Haifischflosse verschwindet. Erleichtert atmet Matilda auf und paddelt energisch weiter. Da tauchen – nicht eine, sondern zwei Haifischflossen auf! Dicht hintereinander. Genau vor ihrem Boot! Ein Hai mit zwei Rückenflossen? Wo gibt es das denn? Plötzlich sind es drei, dann fünf – ein ganzer Rücken voll spitzer haifischflossenförmiger Zacken! Der Rücken wird immer größer, immer und immer größer. Plötzlich erhebt sich ein Drache aus dem Wasser – riesengroß! Zehnmal größer als ein ausgewachsener Fressdrache!
»Hallo, ich bin Amadeus und würde mich gern mit dir unterhalten!«, sagt der Meeresdrache und grinst Matilda breit an.
»Sehr erfreut«, sagt das Stachelschwein und lächelt erleichtert zurück.

Gefundenes Fressen

Im Wrack klettern Kokosnuss und Oskar die Stufen hinauf bis zum Laderaum. Die Tür ist nur angelehnt. Kokosnuss drückt sie auf.
»Matilda?«, ruft er in die schummerige Dunkelheit. Mutig macht er einen Schritt hinein in den Laderaum. Seine Augen gewöhnen sich an das Schummerlicht.
»Hab ich dir doch gesagt«, sagt Oskar neben ihm. »Hier ist sie nicht.«
Ratlos blicken sie sich um. Die Vorratskisten sind durcheinandergefallen. Manche sind beim Aufprall auf den Boden aufgegangen. Überall liegen Einmachgläser herum.
»Okay«, sagt Kokosnuss. »Gehen wir wieder.«
Aber Oskar bückt sich und hebt ein Einmachglas auf. »Hey, das sind ja die von Mama!« Er läuft auf eine Kiste zu. »Das ist meine Proviantkiste. Drei vegetarische Mahlzeiten am Tag – nur für mich.« Schon schraubt er den Verschluss eines Einmachglases auf, steckt den Finger hinein und leckt ihn genüsslich ab. »Heute ist ein schöner Tag!«, sagt er glücklich.
»Oskar, wir sollten gehen«, mahnt Kokosnuss.

»Nur einen kleinen Augenblick«, antwortet Oskar und genießt mit geschlossenen Augen.
Kokosnuss seufzt, aber er kennt seinen Freund. Eine gute Mahlzeit ist ihm heilig. Kokosnuss schaut zum Bullauge hinaus. Der Riesenfisch ist weg. Dafür entdeckt er: Wasserdrachen! Es sind vier, die im Wasser umeinander herumschwimmen und Pirouetten drehen. Das sieht toll aus.
»Oskar«, raunt Kokosnuss. »Komm und schau dir das an.«
Oskar kommt zum Bullauge, ohne den Finger aus dem Glas zu nehmen.

»Ach, die«, sagt er nur.
Aber plötzlich tutet einer der Wasserdrachen laut auf einem Muschelhorn. Ein anderer Wasserdrache erschrickt ganz fürchterlich – und die anderen lachen. Auch Oskar muss lachen.
Mit einem Mal scheinen die Wasserdrachen einen Plan zu haben. Sie schwimmen auf das Wrack zu.
»Die kommen herein!«, ruft Oskar panisch.
Kokosnuss deutet in eine dunkle Ecke. »Verstecken wir uns lieber.«
Keine Sekunde zu früh verschwinden die beiden hinter einem aufgetürmten Stapel Kisten. Denn schon stürmen die vier kleinen Wasserdrachen den Laderaum und machen sich über die Kisten her. Aus ihrem Versteck beobachten Kokosnuss und Oskar die wilde Meute: In ihrer merkwürdigen Sprache schnattern sie laut durcheinander. Die Wasserdrachen öffnen eine Kiste nach der anderen und wühlen alles heraus, was sie darin finden. Einer bestaunt die Einmachgläser von allen Seiten und schnüffelt daran.
»Siehst du«, flüstert Oskar. »Ich hatte recht. Diese Wasserdrachen haben unser Schiff versenkt, um an unsere Vorräte zu kommen.«
»Ich weiß nicht«, sagt Kokosnuss. »Um die Vorräte zu klauen, hätten sie doch nicht das Schiff versenken müssen. Und irgendwie sieht das für mich auch nicht wie Klauen aus, was die machen …«

Einer der Wasserdrachen hat offenbar die Kiste der Obstschwestern gefunden und zieht einen großen Hut und eine Federboa heraus. Er setzt sich den Hut auf, bindet sich die Boa um den Hals und stolziert so durch den Laderaum. Die anderen Wasserdrachen johlen vor Begeisterung.
Kokosnuss grinst. Das sieht lustig aus.
»Die sind doch harmlos«, flüstert er.
»Die sind verrückt«, blafft Oskar.
So schnell, wie sie gekommen sind, schnappen sich die vier kleinen Wasserdrachen zwei Kisten und verschwinden wieder aus dem Laderaum. Der letzte zieht hinter sich die Tür zu. RUMMS.
Kokosnuss atmet auf. »Siehst du. Alles gut.«

Im verlassenen Wasserdrachendorf hat Chef ein reichhaltiges Picknick zubereitet. Desiree, Dennis und Dirk langen tüchtig zu. Proselinde, Mango und Pampelmuse knabbern vorsichtig an einem Sandwich. Aber selbst Ananas muss zugeben, dass dieses Fressdrachenmahl gar nicht so übel ist.
Plötzlich stürzt Magnus keuchend aus dem Dickicht auf die Lichtung.
»Nichts …«, japst er. »Keine Spur … von Kokosnuss … und Oskar … am Strand.«
»Du hast den ganzen Weg zweimal auf dich genommen?«, wundert sich Chef kauend.

Magnus wird wütend. »Kokosnuss und Oskar sind verschwunden, falls du es noch nicht bemerkt hast!«
Proselinde hebt die Augenbrauen. »Wir werden nach ihnen suchen«, verspricht sie.
Magnus will schon erleichtert aufatmen, doch da krabbelt etwas auf seiner Schulter. Eine Schlingpflanze! Ungeduldig fegt er sie mit der Hand weg.
»Worauf warten wir dann?«, fragt er.
»Wir suchen sie, sobald wir das Lager erreicht haben«, sagt Proselinde.
Schockiert macht Magnus einen Schritt zurück. »Die beiden schweben vielleicht in Lebensgefahr. Wir müssen sofort los!«
Doch Proselinde bleibt hart. »Erst müssen wir das Ferienlager erreichen und die Kinder in Sicherheit bringen.«
Magnus stöhnt. Dieses Gespräch kommt ihm so merkwürdig bekannt vor? Erschöpft sinkt er zu Boden. Was für ein Tag! Plötzlich kreischt Mango auf.
»Aaaah! Die Pflanze will mich fressen!«
Tatsächlich! Ein Pflanzenarm mit einem Maul am Ende schlängelt sich über ihre Schulter der Schüssel entgegen. Entsetzt lässt Mango den Fleischeintopf fallen, springt auf und bringt sich zwischen ihren Schwestern in Sicherheit. Die Pflanze schlängelt unbeirrt weiter auf die Schüssel zu. Sie steckt den Kopf hinein – und beginnt zu saugen! Sie frisst tatsächlich den Eintopf auf!

»Eine fleischfressende Pflanze«, raunt Dennis, der dem Spektakel fasziniert zusieht.
Die Pflanze schlabbert die Schüssel leer, richtet sich auf – und rülpst laut.
»Uh, ist das eklig!«, sagt Ananas.
»So was von!«, sagt Mango.
»Genau«, haucht Pampelmuse.
Proselinde hat die Gefahr erkannt. »Niemand nähert sich dieser fleischfressenden Pflanze, verstanden? Das ist ein Appetita gigantea und gehört zu den Carnivoraceae. Magnus, bring die Kinder hier weg. Magnus?«
»Meine Güte, schaut nur!«, schreit Ananas und deutet auf Magnus.

Viele Pflanzenarme haben den großen Feuerdrachen eng umschlungen und schnüffeln gierig an ihm herum. Aber ihre Rechnung haben sie ohne Chef gemacht, der sein großes Küchenmesser zückt.
»Feuerdrache steht heute nicht auf der Speisekarte«, grollt er und pikst in die fleischfressende Pflanze.

Kein Ausweg

Kokosnuss fliegt zum Bullauge des Laderaums. Im Sonnenlicht, das durch die Wasseroberfläche fällt, sieht er, wie die vier Wasserdrachen davonschwimmen. Die beiden Kisten tragen sie zwischen sich. Der eine Wasserdrache hat immer noch Ananas' Hut und Federboa an. Kokosnuss sieht ihnen nach, bis sie verschwunden sind. Dann versucht er die Tür zu öffnen.
»Okay, machen wir, dass wir auch von hier wegkommen.«
Er rüttelt am Türgriff. Doch die Tür öffnet sich nicht. Er stemmt sich dagegen und zieht mit aller Kraft. Die Tür bleibt verschlossen.
Oskar hat nichts bemerkt. Genüsslich leckt er sein Einmachglas aus.
»Komm mal und hilf mir«, sagt Kokosnuss. »Die Tür klemmt.«
Oskar macht große Augen. Dann hilft er Kokosnuss. Gemeinsam rütteln und ziehen sie. Schließlich setzt sich Oskar auf den Boden.
»Fressdrachen sind die stärksten Drachen … und ich bekomme die Tür nicht auf«, grummelt er. »Glaubst du mir

jetzt vielleicht, dass diese Wasserdrachen dahinterstecken? Die haben uns mit Absicht hier eingesperrt.«

»Das war ein Versehen!«, ruft Kokosnuss.

»Zwei Versehen an einem Tag?«, fragt Oskar zurück. »Wer's glaubt, wird selig!«

Aber Kokosnuss will sich nicht streiten. Er hebt die Hände und sagt: »Jammern nutzt auch nichts. Wir müssen gemeinsam einen Ausweg finden. Okay?«

Oskar schaut seinen Freund an. »Okay«, sagt er. »Gib mir vier!«

Denn das machen sie immer so, wenn sie sich einig sind. Aber diesmal … hauen sie in der Luft aneinander vorbei. Das ist noch nie passiert!

Matilda liegt auf Amadeus' Bauch. Die Arme hat sie im Nacken verschränkt. Der riesige Meeresdrache ist die gemütlichste Luftmatratze der Welt. Gemächlich lassen die beiden sich durchs Wasser treiben. Matilda kann ihr Glück noch gar nicht fassen: Meeresdrache Amadeus hat sie gerettet. Nach der ganzen Aufregung gönnen sie sich eine kleine Verschnaufpause, bevor Matilda und Amadeus nach Kokosnuss und Oskar suchen wollen …

»Matilda … Matilda … Mati-tüdeltütil-da«, summt Amadeus gut gelaunt.

»Ist alles in Ordnung, Amadeus?«, fragt Matilda.

»Ja, Matilda, Matilda«, sagt Amadeus. »Ach, entschuldige,

es ist nur … eigentlich habe ich schon so lange … äh … mit niemandem mehr geredet. Es ist so schön, mal wieder einen Namen zu sagen … Matilda.«
Matilda setzt sich auf. »Hast du denn keine Freunde?«
Amadeus schüttelt traurig den Kopf. »Manchmal kommt ein Boot vorbei. Dann möchte ich zu den Leuten Hallo sagen …«
Matilda nickt. »Verstehe.«
Amadeus seufzt. »Ja. Erst schreien sie und dann werfen sie Sachen nach mir. Dann hauen sie ab, so schnell sie können. Das macht die Sache mit dem Freundefinden ein bisschen schwierig.«
Matilda runzelt die Stirn. »Die Leute sind dumm. Was sie

nicht kennen, macht ihnen Angst. Und statt es kennenzulernen, bekämpfen sie es oder rennen weg.«
Amadeus nickt nachdenklich. »Hast du viele Freunde?«
»Ja, einige. Aber Kokosnuss und Oskar sind meine besten Freunde. Die wirst du noch kennenlernen«, sagt Matilda. »Und du bist jetzt auch mein Freund.«
»Ich? Wirklich?«, freut sich Amadeus.
»Und Kokosnuss und Oskar werden sicher auch deine Freunde«, sagt Matilda. »Aber gerade weiß ich nicht, wo sie sind.«
»Ich helfe dir, sie zu finden«, sagt Amadeus lächelnd.
Matilda seufzt und legt sich wieder auf den Rücken. Mit Amadeus an ihrer Seite wird alles wieder gut werden.

Chef wischt sich den Schweiß von der Stirn. Diese fleischfressenden Pflanzen waren ganz schön widerspenstig. Sie wollten den armen Magnus nicht loslassen. Wobei … arm? Der hätte ja auch mal mithelfen können. Das hat er aber nicht, weil er tief und fest geschlafen hat. Und auch jetzt, wo Chef die Pflanze in die Flucht geschlagen und Magnus von den Tentakeln befreit hat, pooft er immer noch.
»Das muss das Gift sein«, überlegt Proselinde. »Fleischfressende Pflanzen sondern beim Zubeißen ein Betäubungsmittel ab, um damit ihr Opfer ruhigzustellen. Nun, da hilft alles nichts«, sagt sie. »Sie werden ihn wohl tragen müssen.«

»Wie bitte?«, keucht Chef.

»Oder haben Sie etwa vor, noch länger an diesem unheimlichen Ort zu verharren?«, fragt Proselinde spitz. »Na bitte. Wir wollen heute noch ins Ferienlager. Magnus bewegt sich nicht und zurücklassen können wir ihn auch nicht. Also …«

Dennis und Dirk haben schon eine Trage aus Ästen und Zweigen gebaut. Ruckzuck heben sie Magnus darauf. Chef rollt mit den Augen, packt dann aber die vorderen Griffe. Zuerst wechseln sich Dennis und Dirk hinten beim Tragen ab, schließlich übernimmt Proselinde.

Mühsam stapfen sie durch den Dschungel. Es ist heiß. Der Schweiß rinnt ihnen von der Stirn. Die geretteten Kisten wiegen schwer. Und Magnus ist ja auch kein Fliegengewicht. Langsam kommt er wieder zu sich. Er öffnet die Augen … und blickt sich erstaunt um.

»Oh, ich trerde gewagen! Ich werge getraden … na … getragen. Zu frinleuch!«, plappert er los.

»Ebenfalls ein Nebeneffekt des Giftes«, erklärt Proselinde. »Sinnloses Gequatsche.«

»Aber, aber«, protestiert Magnus. »Solche Mühsal, nur mür fich!«
»Leg dich hin und ruh dich aus, Magnus«, sagt Proselinde. »Und versuche die Klappe zu halten.«
»Klappe halten, schalten, walten«, flötet Magnus. »Oh, der Knoten hat sich gelalalöst, ich kann wieder reden, plaudern, schwätzen, dozieren, parlieren, schwadronieren!«
»Er war weniger nervend, als er ohnmächtig war!«, flüstert Dennis Desiree ins Ohr.
Magnus hat es sich auf seiner Trage bequem gemacht. »Ich hatte von Anfang an kein gutes Gefühl, hierherzukommen«, plappert er.
»Was du nicht sagst«, stöhnt Proselinde.
»Doch, doch«, plappert Magnus unbeirrt weiter. »Zu Mette habe ich gesagt, Mette, habe ich gesagt, mit dieser Proselinde ist nicht gut Kirschenessen, hab ich gesagt.«
»Buahaha!«, grölt Chef und bricht vor Lachen fast zusammen, während Proselinde die Lippen zusammenpresst.
»Und dieser Chef, hab ich zu Mette gesagt, ist ein selbstverliebter Volltrottel«, redet Magnus unbeirrt weiter.
»Was?«, schreit Chef.
»Aber ihr seid alle so liiiieb!«, ruft Magnus. »So lieb, wer hätte das gedacht!«
»Einfach nicht zuhören«, zischt Proselinde. »Offenbar wurde er schlimmer vergiftet, als ich befürchtet hatte. Dieser Zustand könnte noch eine Weile anhalten …«

»Und Kokosnuss, mein Kokosnuss, sooo lieb!«, jault Magnus. Ein Schmetterling fliegt vorbei.

»Oh, hallo Schmetterling!«, ruft Magnus gut gelaunt.

»Wahnsinn«, stöhnt Chef – und es ist nicht ganz klar, ob er damit Magnus meint … oder die Hängebrücke. Denn hier endet der Trampelpfad. Sie stehen an einer Felsklippe und vor ihnen erstreckt sich eine schmale, klapprig wirkende Brücke mit Holzbohlen. Statt eines Geländers sind links und rechts je ein Seil gespannt.

»Da kriegen mich keine zehn Drachen drauf!«, sagt Ananas. »Freundschaft hin oder her. Ich bin jetzt schon durch den halben Dschungel gelatscht. Meinen Teil für Freundschaft und Verständigung habe ich erfüllt. Jetzt ist mal gut. Ich fliege.«

»Ich auch!«, ruft Mango.

»Genau!«, ruft Pampelmuse.

Die Lehrerin betrachtet ihre Schülerinnen und seufzt. »Es ist vermutlich sicherer, wenn ihr fliegt«, sagt sie schließlich. »Also gut.«

Das lassen sich die Schwestern nicht zweimal sagen. Sie heben ab und flattern über die Schlucht, natürlich nicht ohne Desiree die Zunge rauszustrecken.

Chef und Proselinde betreten mit Magnus auf der Trage vorsichtig die schwankende Brücke. Schritt für Schritt tastet sich Chef vor. Desiree, Dirk und Dennis folgen. Holzsplitter lösen sich und fallen in die endlose Tiefe. Krk, machen die

Planken unter Chefs Gewicht. Krrrk, als auch Proselinde darüberläuft. Und dann … krack … bricht das Holz unter Dennis. Der Drachenjunge fällt in die Tiefe!
»Aaaah!«
Ananas und Pampelmuse fliegen im Sturzflug hinterher, fangen ihn auf – und heben ihn zurück auf die Hängebrücke.
»Ähm, danke«, sagt Dennis und lächelt schüchtern.
Pampelmuse wird rot und lächelt zurück.
»Was machst du denn da, Magnus?«, ruft Proselinde.
Unbemerkt von allen hat Magnus an den Seilen, die die Holzplanken zusammenhalten, herumgeknabbert. Die Knoten lösen sich, und wutsch, wutsch, wutsch – fällt eine Planke nach der anderen in die Tiefe.
»Rette sich, wer kann!«, ruft Proselinde und fliegt hoch in die Luft.
Wie von Sinnen zieht Chef die Trage hinter sich her, auf der Magnus liegt und offenbar gar nicht merkt, was er angerichtet hat. Dennis, Desiree und Dirk überholen von hinten. Sie klettern einfach über Magnus und Chef und haben nur Augenblicke später die rettende andere Seite erreicht. Und auch Chef erklimmt den Felsen und wuchtet die Trage hinauf – in der Sekunde, als die letzte Planke der Hängebrücke ins Bodenlose stürzt. Atemlos liegen die Drachen im Gras. Nur Magnus schaut sich verwundert um.
»Sind wir bald da?«

Alles im Schlot!

»Wer braucht eine Tür, wenn er einen Schlot hat?«, fragt Kokosnuss gut gelaunt. »Oskar, ich präsentiere dir hier: unseren Ausweg! Damit ist alles im Schlot, äh, im Lot!«

Gemeinsam starren die Freunde in den Kamin des Dampfers. Eine schmale Metalltreppe führt bis zum Rand. Und oben sehen sie Sonnenlicht und ein Stück Himmel. Ganz klar, das ist ihr Weg nach draußen!

Aber Oskar schüttelt den Kopf. »Ich weiß nicht«, sagt er. »Ich glaube, das ist zu eng für meine Proviantkiste.«

»Deine Proviantkiste?«, fragt Kokosnuss ungläubig. »Die bleibt hier … ist doch völlig unwichtig.«

»Ist sie nicht!«, protestiert Oskar. »Ohne meine Kiste geh ich nirgendwohin.«

»Die Kiste bleibt hier«, sagt Kokosnuss fest.

Oskar verschränkt die Arme.

Kokosnuss stöhnt. Wie war das? Eine gute Mahlzeit ist einem Fressdrachen heilig?

Keine Minute später hievt und zerrt Oskar seine Kiste den engen Schlot hinauf. Kokosnuss drückt von unten. Wer hätte gedacht, dass drei Mahlzeiten am Tag so schwer sein

können? Außerdem müssen sie aufpassen, dass sich die Kiste nicht an den Metallstreben der Steigleiter verkantet.
»Einfacher wär's gewesen, die Gläser aus der Kiste zu nehmen und im Rucksack nach oben zu transportieren«, grummelt Kokosnuss.
»Nee, das sind viel zu viele. Außerdem wächst man mit seinen Aufgaben«, sagt Oskar fröhlich. »Gleich haben wir's geschafft. Wir sind fast oben.«
Mit einem Mal geht ein Beben durch das Schiff. Es rumpelt. Oskar gleitet die Kiste aus den Händen. Kokosnuss flattert mit den Flügeln, um auszuweichen und im Gleichgewicht zu bleiben.
»Das Schiff bewegt sich!«, ruft Kokosnuss. »Raus hier!«
Aber die Kiste hat sich verklemmt. Sie bewegt sich keinen Millimeter mehr, so sehr sich Kokosnuss auch dagegenstemmt und Oskar zieht.
»So wird das nix«, stöhnt Kokosnuss. »Oskar, klettere zum Schlot raus. Ich gehe wieder nach unten und suche den anderen Schlot.«
Schon klettert Kokosnuss in den Laderaum zurück. Oskar runzelt die Stirn.
»Und meine Kiste? Soll die vielleicht hierbleiben?«
Langsam hat Oskar die Faxen dicke. Immer kommandiert Kokosnuss ihn

herum. Und so toll sind seine Ideen auch nicht. Liebevoll streichelt Oskar seine Kiste.
»Wir bleiben zusammen, komme, was wolle.«

Kokosnuss klettert über Kisten, Rohre und Gerümpel. Das Wasser steht schon knietief im Laderaum! Wo ist nur der Eingang zum zweiten Schlot? – Endlich entdeckt Kokosnuss ihn. Eilig hastet er auf den rettenden Notausgang zu. Wieder bebt das Schiff und neigt sich noch ein Stück zur Seite. Oje, es scheint von dem Felsvorsprung zu rutschen, an dem es vorher hängengeblieben ist. Wie weit wird das Schiff in die Tiefe sinken, wenn es abrutscht? Egal eigentlich, es wird sich dann binnen Minuten komplett mit Wasser füllen, und ...
Da ist der Schlot! Blitzschnell fliegt Kokosnuss in die Öffnung und im Schlot nach oben. Da rutscht das Schiff noch ein Stück tiefer und Wasser schwappt von oben in den Schlot! Oh nein, der Ausweg ist versperrt! Wie eine riesige kalte Dusche platscht das Wasser auf Kokosnuss herab. So schnell er kann, fliegt er vor der Welle her nach unten. Puh, er hat den Laderaum wieder erreicht. Doch der füllt sich nun in Sekundenschnelle mit Wasser. Schon ist der Raum halb voll gelaufen. Es gibt nur noch eine Luftblase oben in der Ecke. Paddelnd hält sich Kokosnuss an der Oberfläche und holt tief Luft.
Keine Sekunde später schlägt das Wasser über seinem Kopf

zusammen. Der Raum ist vollgelaufen! Überall schwimmen Kisten umher. Unter Wasser kraulend sucht Kokosnuss einen Ausgang – aber es gibt keinen. Die Tür klemmt, der Schlot ist voll Wasser. Es ist hoffnungslos. Kokosnuss verlässt die Kraft. Bewusstlos sinkt er zu Boden.

Das Wasser, das durch den einen Schlot eindringt, füllt das Schiff mit solcher Wucht, dass es nicht nur den Laderaum flutet, sondern auch von unten in den anderen Schlot drückt, in dem Oskar mit seiner Kiste festsitzt. WUSCH!, spült es Oskar und seine Kiste aus dem Kamin. HUI!, fliegt Oskar in hohem Bogen aus dem Schlot – und landet … auf der nahen Insel am Strand. »Uff!«
Und dann, pluff, landet auch seine Kiste neben ihm. Oskar ist glücklich, weil er gerettet ist. Und noch wichtiger: Auch seine Kiste ist gerettet! Besorgt blickt er hinüber zum Schiff, das gerade zur Seite kippt und komplett versinkt. Ob Kokosnuss es geschafft hat, es rechtzeitig zu verlassen? Oskar spürt ein unangenehmes Grummeln in der Magengegend. Könnte das sein schlechtes Gewissen sein?

Irgendwo, im hintersten Winkel seines schwindenden Bewusstseins, hat Kokosnuss das Gefühl, gepackt und nach oben gezogen zu werden. Ins Helle. An die Oberfläche. Aber das kann nicht sein. Oder? Er reißt die Augen auf – und holt Luft, hustet und spuckt Wasser. Aber er ist ganz und gar lebendig. Und im Trocknen. Er sitzt an einem Strand! Im Sonnenuntergang. Und … schaut ins Gesicht eines Wasserdrachen. Moment, das ist doch der kleine Wasserdrache, den er aufgefangen hat, als er von der morschen Hängebrücke gefallen ist! Dann durchzuckt es Kokosnuss.

»Du … du hast … mich gerettet«, sagt er. »Du hast mich aus dem Bauch des Schiffes geholt. Danke.«

Er will dem Wasserdrachen die Hand geben. Aber vielleicht kennt der diese Geste nicht. Jedenfalls nimmt er neugierig Kokosnuss' Hand in seine und beäugt sie interessiert. Dann vergleicht er sie mit seiner Hand, deren Finger mit kräftigen Schwimmhäuten verbunden sind. Klar, deswegen sind die Wasserdrachen solch gute und schnelle Schwimmer.

Kokosnuss lächelt ihn an. Dann deutet er auf sich und sagt: »Ich bin Kokosnuss … Und du?«

Der Wasserdrache deutet auf sich und sagt: »Ich … Wokki.«

Kokosnuss nickt. »Freut mich, dich kennenzulernen, Wokki.«

Dann sieht er sich um. Der Strand macht einen verlassenen Eindruck. Es ist nicht der, an den sich die anderen Fress- und Feuerdrachen gerettet haben, obwohl der nicht weit weg sein kann.

»Hast du meinen Freund Oskar und die anderen gesehen?«, fragt Kokosnuss Wokki.
Wokki schüttelt den Kopf. »Wokki nicht seh Freunde. Nur Koko-nass.«
»Kokosnuss«, verbessert Kokosnuss automatisch.
»Aber du nass«, sagt Wokki und lächelt.
Kokosnuss stutzt. »Hey, du sprichst ja meine Sprache«, ruft er. »Woher kannst du das?«
»Großvater bring Wokki bei. Großvater Bibbo ist Chef Wasserdrachen«, erklärt Wokki.
»Er muss ein kluger Drache sein, dein Großvater«, sagt Kokosnuss. Wokki nickt.
Und Kokosnuss lässt den Kopf sinken. »Alle sind weg. Mein Vater, Oskar, Matilda. Die anderen. Und ich weiß nicht mal, wo ich nach ihnen suchen soll.«
Wokki legt den Kopf schief und blickt Kokosnuss an. »Wokki helft Koko finden Freunde«, sagt er und lächelt breit.
Kokosnuss blickt auf. »Echt? Danke. Noch mal.« Er überlegt. »Hm, vielleicht muss ich sie einfach wissen lassen, wo ich bin. Dann finden sie mich …«
Kokosnuss holt tief Luft – und spuckt eine Feuerrakete in den Nachthimmel. Der kleine Feuerball explodiert in tausend kleine Sterne. Und mittendrin ist ein leuchtender Kokosnuss zu sehen.
»Oooooh!«, staunt Wokki mit leuchtenden Augen.

»Ooooh!«, ruft Matilda. »Das ist Kokosnuss' Zeichen. Amadeus, siehst du das? Kokosnuss ist hier in der Nähe. Und er braucht unsere Hilfe!«
Amadeus nickt bedächtig und schwimmt los, immer dem Strand entgegen, von dem das Zeichen gekommen sein muss.

Die Gruppe der Fress- und Feuerdrachen sitzt um ein warmes Lagerfeuer, das sie auf einer kleinen Waldlichtung errichtet haben. Das Ferienlager haben sie nicht erreicht. Desiree, Dennis, Dirk und Chef haben große Küchenmesser, mit denen sie die fleischfressenden Pflanzen immer wieder zurückdrängen, wenn sie sich nähern.
Magnus starrt in den Sternenhimmel. Die Wirkung des

Pflanzengifts lässt langsam nach. Jetzt hat er nur noch fürchterliche Kopfschmerzen und schämt sich für den Quatsch, den er geplappert hat. Wenn er bloß wüsste, wo Oskar und Kokosnuss sind. Plötzlich sieht er im Himmel einen Feuerball mit Kokosnuss' Bild!
»Kokosnuss!«, ruft Magnus, als er das Zeichen am Nachthimmel sieht. »Allen Drachengeistern sei Dank. Er lebt!«

Oskar läuft mit seiner Kiste am Strand entlang, als plötzlich etwas im Nachthimmel explodiert.
»Kokosnuss!«, ruft er glücklich. »Ich komme!« Aber dann hält er inne. Er stellt seine Kiste ab und setzt sich mit düsterer Miene darauf. »Was mache ich eigentlich?«, fragt er sich. »Wieso muss ich immer rennen, wenn Kokosnuss ruft?«
Und er erinnert sich wieder daran, dass Kokosnuss seine Kiste mit den leckeren vegetarischen Tagesrationen absaufen lassen wollte! Gemein!
»Du und ich, Kiste, wir bleiben zusammen«, sagt er entschlossen … und merkt nicht, wie sich von hinten ein Arm der Schlingpflanze nähert. Oskar öffnet den Deckel seiner Kiste und holt ein Einmachglas heraus. Genüsslich steckt er den Finger in das Glas und isst den Inhalt auf.
»Aaah, Danke, Mama«, seufzt er.
Vom köstlichen Geruch des Essens angezogen, kommt die Pflanze immer näher.

Echte Freunde, echte Feinde …

Kokosnuss und Wokki sitzen am Strand und sehen sich um. Der kleine Feuerdrache hält Ausschau nach seinen Freunden. Haben sie sein Signal gesehen? Werden sie kommen? Nun merkt er, dass sich auch Wokki besorgt umsieht.
»Ist alles in Ordnung?«, fragt Kokosnuss.
»Nicht sicher«, sagt Wokki und schüttelt den Kopf. »Dschungel hungrig.«
Kokosnuss sieht ihn fragend an. »Ich glaube, ich verstehe nicht, was das heißen soll. Aber mach dir keine Sorgen. Schließlich kann ich Feuer speien.«
»Feuer?«, fragt Wokki.
»Na ja, du bist ein Wasserdrache. Du kannst unter Wasser atmen, richtig?«, sagt Kokosnuss und Wokki nickt eifrig.
»Ich bin ein Feuerdrache. Und Feuerdrachen können Feuer speien. Hast du ja eben gesehen.«
Wokkis Augen werden immer größer. »Wie du Feuer spucken?«, fragt er.
»Dazu brauche ich das da«, sagt Kokosnuss und holt ein Büschel Feuergras aus dem Rucksack.

»Ooooh«, staunt Wokki. »Ich probiere? Ich Feuer?«
Kokosnuss zieht das Büschel zurück. »Lieber nicht. Du wirst bestimmt kein Feuer speien können. Und bei Nicht-Feuerdrachen hat das Feuergras manchmal unangenehme Auswirkungen. Wie es bei Wasserdrachen wirkt, weiß ich nicht.«
Wokki legt seinen Kopf zur Seite und schaut Kokosnuss bittend an. »Ich probiere?«
Kokosnuss seufzt. »Na gut. Aber nur ein bisschen. Hier.« Er reicht Wokki ein paar wenige Halme. Glücklich steckt Wokki sie in den Mund, kaut bedächtig und schluckt. Und rülpst. Und wartet. Es passiert … nichts.
»Keine Wirkung?«, wundert sich Kokosnuss. »Na ja, das kann auch vorkommen …«
Plötzlich beginnt Wokki von innen zu leuchten! Er strahlt ein grünliches Licht aus.

»Wow, das sieht ja echt cool aus, Wokki«, sagt Kokosnuss.
»Echt guul, Koko«, sagt Wokki und grinst breit.
»Gib mir vier!«, ruft Kokosnuss ausgelassen und hebt den Arm. Sie klatschen sich in die Hände und lachen.
Da durchbricht ein Schrei die Nacht: »Hiiiilfe! Hiiilfe!«
Kokosnuss erschrickt. »Das war Oskar! Das kam von da hinten!«
Sofort läuft er los. Wokki folgt ihm.

Oskar kämpft panisch gegen die fleischfressende Pflanze. Es werden immer mehr Arme! Und immer drängender wollen sie seine Arme und Beine umschlingen – und auffressen.
»Lasst das!«, schreit Oskar. »Ihr dürft mich nicht fressen. Ich bin Vegetarier!«
Das bringt ihn auf eine Idee. Er reißt sein großes Fressdrachenmaul auf und beißt in eine Pflanze. Die Pflanze zuckt zurück. Und Oskar spuckt aus. Iiih, schmeckt das widerlich!
Da beginnt sich alles um ihn zu drehen. Was ist das? Haben die Pflanzen etwas in ihrem Saft? Oskar wird ganz schwach … und schlaff … Die Pflanzen haben nun leichtes Spiel mit ihm.
»Oskar!«, ruft da jemand.
Kokosnuss! Sein Freund ist gekommen, um ihn zu retten. Aber wer folgt ihm da? Ist das nicht dieser Wasserdrache?

»Nicht der«, grummelt Oskar.
Die Pflanzen zerren an seinen Armen und Beinen. Langsam umschlingen sie seinen Bauch. Das tut weh. Es kribbelt in seinem ganzen Körper. Er spürt, wie ihn etwas durchfließt. Etwas wie Gift … nein, Galle! Er ist wütend. Richtig wütend. Auf diesen Kerl, der ihm seinen Freund weggenommen hat. Und auf seinen Freund, der nicht verstanden hat, dass er seine Kiste nicht auf dem Meeresgrund zurücklassen konnte!
»Was wollt ihr denn hier?«, faucht er, als Kokosnuss die Schlingpflanzen vertreiben will.
»Was?«, fragt Kokosnuss. Er kann nur halb zuhören. Er muss furchtbar aufpassen, dass ihn die Pflanzenarme nicht erwischen! Er speit einen Feuerstrahl auf einen Schlingpflanzententakel. Das hilft! Der Tentakel zieht sich zurück. Aber da sind so viele andere.
»Hast ja deinen feinen neuen Freund mitgebracht?«, knurrt Oskar.
»Oskar, was redest du da?«, faucht Kokosnuss und speit Feuer. Und noch einen Feuerstrahl!
»Und er leuchtet sogar«, grollt Oskar weiter. »Warum bloß? Warum kann er leuchten und ich nicht, he? Was hast du ihm gegeben und mir nicht, he?«
Eine Schlingpflanze schnappt ärgerlich nach Kokosnuss.
»Der Dschungel ist hungrig. Jetzt verstehe ich, was Wokki gemeint hat«, murmelt er.

»Wokki? Heißt er so, dein neuer Freund?«, fragt Oskar böse. »Der Typ da hinten, ist das Wokki?«
Wokki schaut unsicher von Kokosnuss zu Oskar. Der schlecht gelaunte Fressdrachenjunge macht ihm offenbar Angst. Wokki geht ein paar Schritte rückwärts, dann läuft er davon.
»So ein Feigling«, grummelt Oskar.
Er ist so mit Wokki beschäftigt, dass er gar nicht merkt, dass Kokosnuss ihn von den Schlingpflanzen befreit hat. Doch immer wieder schlängeln sich neue Tentakel heran.
»Oskar, hilf doch mal mit«, keucht Kokosnuss. Langsam geht ihm der Feueratem aus. Und die Pflanzen lassen ihm keine Sekunde Zeit, um etwas Feuergras zu schlucken.

»Ach ja, jetzt brauchst du mich auf einmal«, sagt Oskar giftig. »Jetzt, wo dein neuer Freund weggelaufen ist.«
»Was redest du denn für einen Unsinn?«, sagt Kokosnuss, aber da sieht er, wie Oskar zusammensackt und bewusstlos in den Sand fällt.
Bevor ihn eine Schlingpflanze erreichen kann, versucht Kokosnuss seinen Freund aus der Reichweite der wilden Fleischfresser zu ziehen. Mit aller Kraft schleppt er den kleinen Fressdrachen über den Strand. Doch so sehr er sich beeilt, die Pflanzen kommen näher!
»Oskar! Oskar, wach auf!«, ruft er. »Wir müssen hier weg!«
Mit einem Mal ertönt ein mächtiges Platschen im Wasser. Erschrocken dreht sich Kokosnuss um. Uaaah! Was ist das? Ein dunkler Schatten, der immer größer und größer wird, taucht direkt vor ihm auf!
»Aaaah!«, schreit Kokosnuss panisch. Wenn ihn nicht die verrückten Pflanzen fressen, dann wird das wohl dieser Riese erledigen!
»Kokosnuss!«
Kokosnuss stutzt. Häh? Warum hat der Riese Matildas Stimme? Und jetzt erkennt Kokosnuss im hellen Mondlicht: Das ist ein Meeresdrache. Auf seiner Hand hält er Matilda. Und mit der anderen fegt er die Schlingpflanzen weg. Das sieht bei ihm ganz einfach aus, doch der sanftmütige Riesendrache hat einfach eine solche Kraft, dass er die gefräßigen Pflanzen mit einem Handstreich vertreibt.

Oskar und er sind gerettet.
»Hallo, ihr beiden! Darf ich euch meinen neuen Freund vorstellen. Er will uns helfen!«
»Hallo, Amadeus!«
Erleichtert klettert Kokosnuss auf Amadeus' Hand zu Matilda. Gemeinsam ziehen sie Oskar hinauf.
»Danke, Amadeus!«, ruft Kokosnuss.

»Attacke!«, kreischt da plötzlich jemand und Kokosnuss fliegen Feuerbälle um die Ohren.
»Halt, hört auf!«, ruft er Ananas, Mango, Pampelmuse und Proselinde zu.
»Was soll man denn davon halten?«, schimpft Ananas.
»Wir wollen dir helfen, dich vor diesem Ungeheuer zu retten – und dann motzt du uns so an?«
»Amadeus ist kein Ungeheuer, sondern unser Freund«, erklärt Kokosnuss.
Doch Amadeus schüttelt nur traurig den Kopf.
»Danke, Kokosnuss«, flüstert er. Er setzt die drei Freunde am Strand ab – und verschwindet im Ozean.
»Oh, Mann«, stöhnt Matilda. »Armer Amadeus.«
Proselinde und die Obstschwestern landen neben Matilda, Kokosnuss und Oskar.
»Das können wir doch nicht riechen! Du hast immer so komische Freunde«, antwortet Ananas.
»Und was ist denn mit Oskar hier?«, fragt Proselinde und beugt sich zu dem kleinen Fressdrachen herab.
»Lass mich raten«, sagt Ananas und verdreht die Augen.
»Schlingpflanzenbiss. Damit kennen wir uns ja jetzt aus.«
»Oh, das tun wir«, sagt Mango.
»Genau«, sagt Pampelmuse.
»Bringen wir ihn ins Lager, na ja, ans Lagerfeuer«, sagt Proselinde. Sie nimmt Oskar hoch und trägt ihn auf ihren starken Armen. Matilda und Kokosnuss folgen ihr. Die

Obstschwestern fliegen voraus durch den nächtlichen Dschungel. Auf dem Weg hängt Kokosnuss seinen Gedanken nach ... Der Dschungel ist hungrig ... Wokki weiß etwas über diese gefräßigen Pflanzen. Aber was? Was hat es mit diesen Schlingpflanzen auf sich?
Matilda sorgt sich um Amadeus. Sie wirft den Schwestern finstere Blicke zu. Sie haben Amadeus vertrieben! Ananas bemerkt es und kommt auf sie zugeflogen.
»Hey, es tut mir leid«, sagt sie. »Was soll ich sagen?«
»Konnten wir ja nicht wissen, dass er euer Freund ist«, sagt Mango.
»Genau«, sagt Pampelmuse.
»Ihr hättet fragen können, bevor ihr ihn mit euren Feuerbällen beschießt«, sagt Matilda.
»Wir dachten, ihr schwebt in großer Gefahr«, erklärt Proselinde. »Nach allem, was heute passiert ist!«
Plötzlich schlägt Oskar die Augen auf. »Daran sind nur diese glitschigen Wasserdrachen schuld. An allem«, grummelt er.
Kokosnuss seufzt. »Nein, sie haben das Schiff nicht versenkt. Es war ein Unfall. Wie oft muss ich das noch sagen?«
»Du kannst es noch hundertmal sagen, ich glaube es nicht«, giftet Oskar. »Du sagst das nur, weil einer von denen dein neuer bester Freund ist.«
»Echt?«, fragt Matilda erstaunt.

Stimmt, sie weiß ja noch nichts von Wokki, fällt Kokosnuss ein. Er hatte noch keine Gelegenheit, ihr von ihm zu erzählen.
»Allerdings!«, schreit jetzt Oskar. »Du könntest ihn ihr vorstellen, aber ... ach, nee, er ist ja weggelaufen. Toller Freund, was, Kokosnuss?«
»Du hast einen Wasserdrachen kennengelernt?«, fragt Matilda, ohne Oskar zu beachten.
»Ja«, sagt Kokosnuss lächelnd. »Er heißt Wokki und sein Großvater Bibbo ist das Oberhaupt der Wasserdrachen.«
»Oooh, das Oberhaupt«, äfft Oskar Kokosnuss nach.
Matilda schaut von Kokosnuss zu Oskar und zurück. Sie versteht die Welt nicht mehr. »Was ist denn los mit euch beiden?«, fragt sie.
Kokosnuss schüttelt betrübt den Kopf. »Gar nichts«, sagt er.
»Aber so was von gar nichts!«, grummelt Oskar.
»Gebt nichts auf Oskars Geplapper«, sagt Proselinde. »Das ist ein Nebeneffekt des Pflanzengifts.«
»Hoffentlich«, murmelt Kokosnuss. Irgendwie wird er das Gefühl nicht los, dass hinter Oskars komischem Verhalten mehr steckt ...
Endlich erreichen sie das Nachtlager. Kokosnuss fällt Magnus um den Hals, und Magnus weiß gar nicht, wohin vor lauter Freude, seinen Sohn endlich wiederzuhaben. Und er ist froh und erleichtert, dass auch Oskar und Matilda nichts passiert ist. Jedenfalls ... fast nichts.

»Oskar ist auch gebissen worden«, erklärt Proselinde, als sie ihn im Sand absetzt.
Oskar ist wackelig auf den Beinen und stänkert rum, wo es nur geht – aber Magnus weiß ja nun, dass sich das bald geben wird.
»Hat er viel …?« Mit den Fingern macht er eine Plapperbewegung, als würde er eine Handpuppe führen.
Proselinde verdreht die Augen. »Und wie!«
»Papa, ich habe einen Wasserdrachen getroffen«, erzählt Kokosnuss. Er ist so aufgeregt, dass es einfach aus ihm herausplatzt.
»Wirklich?«, fragt Magnus verwundert.
»Ja. Er heißt Wokki!«
»Redest du immer noch von dem?«, murrt Oskar.
»Huh, die Pflanzen scheinen ihn ganz schön erwischt zu haben, was!«, sagt Magnus leise.
»Ich weiß nicht, wie viel die Pflanzen angerichtet haben und was Oskar selbst ist«, murmelt Kokosnuss niedergeschlagen.
Matilda kommt auf Magnus zu.
»Oh, Matilda«, sagt Magnus. »Wir haben uns noch gar nicht richtig begrüßt.«
Matilda scharrt verlegen im Sand. »Ich … ich möchte mich entschuldigen. Dafür, dass ich einfach mitgekommen bin … obwohl ich kein Drache bin …«
»Ach, Matilda«, sagt Magnus mit einem Lächeln. »Du

gehörst doch fast zur Familie, nicht wahr, Kokosnuss?« Er zwinkert ihm zu. »Die Hauptsache ist, dass du gesund bist und alle Gefahren überstanden hast…« Er blickt sich um. Puh, gerade ist mal einen Moment alles friedlich. »Übrigens, Kinder.« Er deutet hinter sich. »Willkommen im Ferienlager!« Vor dem Nachthimmel hebt sich eine Palisadenwand ab und dahinter eiförmige Hütten. Matilda lässt den Blick über die versammelten Drachen schweifen. Sie sehen alle müde und niedergeschlagen aus.

»Toll«, sagt Matilda wenig begeistert. »Und warum sitzen wir VOR dem Ferienlager – und nicht darin?«

Ausgesperrt!

»Matilda hat recht!«, ruft Magnus aufmunternd. »Kommt, alle miteinander! Auf ins Ferienlager! Drinnen sind wir in Sicherheit … und dann können endlich die Ferien beginnen!«
Ächzend und stöhnend rappeln sich die Drachen auf. Noch einmal nehmen sie die Rucksäcke und die schweren Kisten auf und stapfen durch den Sand – auf das offene Tor im Palisadenzaun zu.
Plötzlich bemerkt Desiree, dass sich etwas bewegt – jemand schaut über den Zaun … und beobachtet sie.
»Sind das …?«, fragt sie.
Auf einmal taucht ein Kopf nach dem anderen über dem Zaun auf. Wasserdrachen! Sie haben das Ferienlager besetzt. Und sie scheinen nicht bereit, sie hereinzulassen. Finster starren sie ihnen entgegen. Und dann – werfen sie das Tor vor ihren Nasen zu. RUMMS.
»Mir reicht's jetzt«, knurrt Chef. Er stellt seine Kisten in den Sand und geht direkt auf das Tor zu.
»Hört mal zu, ihr Wasserratten!«, brüllt er. »Verschwindet aus unserem Ferienlager oder ich …«

Aber was Chef mit den Wasserdrachen anstellen würde, geht in einem Regen aus Kokosnüssen unter, die die Wachposten auf den großen Fressdrachen werfen.
»Au, au, au!«, jault er und rennt zu den anderen zurück. »Diese miesen Wasserflöhe!«, grollt er. »Na wartet! Die wollen es wohl nicht anders!«
Magnus schüttelt energisch den Kopf. »Es muss einen anderen Weg geben ... wir sollten mit ihnen verhandeln.«
»Ich stimme dir zu«, sagt Proselinde. »In dieser Ferienaktion steckte von Anfang an der Wurm. Jetzt kommt es zu Gewalt ... und das Ferienlager sollte doch Frieden und Verständigung dienen ... das ist ein Fiasko!« Sie blickt die Obstschwestern an. »Morgen, wenn wir ausgeruht sind, fliege ich mit Ananas, Mango und Pampelmuse nach Hause.« Sie blickt Chef in die Augen. »Wenn Sie kämpfen wollen, bitte schön! Aber ohne uns.«
Kokosnuss schüttelt den Kopf. »Kämpfen. Heimkehren. Was redet ihr da? Es muss doch eine andere Lösung geben!«
»Ach ja?«, grummelt Chef.
»Ja, wir müssen mit ihnen reden«, sagt Kokosnuss.
»Genau das habe ich gerade versucht, oder nicht, du Schlaumeier?«, sagt Chef ungehalten.
»Du hast sie angeschrien«, sagt Kokosnuss.
»So rede ich nun mal. Pech für die«, sagt Chef.
»Zwecklos«, murmelt Kokosnuss und wendet sich ab. Chef wird es nie kapieren.

»Magnus, du solltest mit uns nach Hause fliegen«, sagt Proselinde. »Und Kokosnuss auch …«

Kokosnuss hört nicht mehr hin. Er wird bestimmt nicht nach Hause fliegen. Er will bleiben, bis er weiß, was mit den Wasserdrachen los ist. Wovor sie solche Angst haben …

»Proselinde!«, kreischt Ananas.

»Du sollst nicht unterbrechen, wenn sich Erwachsene unterhalten«, tadelt Proselinde.

»Aber das ist wichtig!«, ruft Mango.

»Genau«, sagt Pampelmuse und deutet nach oben in den Nachthimmel.

Alle folgen ihrem Blick. Und entdecken Kokosnuss. Er fliegt genau auf das Ferienlager zu. Auf die Wachen. Die mit Kokosnüssen bewaffneten Wachen!

»Kokosnuss, komm zurück!«, brüllt Magnus besorgt.

Aber Kokosnuss hört nicht auf seinen Papa. Unbeirrt fliegt er auf die Wasserdrachen zu.

Kokosnuss ist mulmig zumute. Unter ihm stehen die Wasserdrachen dicht zusammen und starren zu ihm hinauf. Einige zielen schon mit Kokosnüssen auf ihn. Da entdeckt er Wokki. Er steht neben einem großen alten Wasserdrachen, der sich auf einen Stock stützt. Das muss das Oberhaupt sein. Wokkis Großvater Bibbo. Wokki nickt Kokosnuss nervös zu. Einer der Wasserdrachen holt aus.

Wokki erschrickt. »Nu, nu, nu!«, brüllt er. »Bada taka!« Aber die Wasserdrachen scheinen nicht auf ihn zu hören. Wokki blickt seinen Großvater bittend an.

Der alte Drache seufzt und hebt die Hand. »Baaaadaaa!«, ruft Bibbo.

Augenblicklich lassen die Wasserdrachen ihre Wurfgeschosse sinken. Wokki atmet erleichtert auf. Und Kokosnuss fliegt unbeirrt auf ihn zu. Mit einem Freund vor Augen ist es leichter, mutig zu sein…

Magnus kann es nicht mit ansehen. Sein Sohn – umringt von feindlichen Wasserdrachen! Sie werden ihn zu Kleinholz verarbeiten! Sie werden …
»Ich muss zu ihm!«, sagt er. »Ich muss ihm helfen.«
Aber Matilda hält ihn zurück. »Warte. Bitte«, setzt sie hinzu. »Kokosnuss weiß, was er tut.«
Magnus zögert, dann atmet er schwer aus. Nervös blickt er zum Palisadenzaun. Was mag da vor sich gehen?

Kokosnuss landet vor Wokki und seinem Großvater Bibbo. Vorsichtig geht er auf die beiden zu. Der Häuptling sieht ihm streng entgegen. Kokosnuss schluckt. Vielleicht war das doch keine so gute Idee … Aber es muss einfach klappen!
Wokki nickt ihm aufmunternd zu. »Alles gut. Sprich«, sagt er.
Kokosnuss verbeugt sich vor dem alten Drachen. »Verehrter Wasserdrachenhäuptling … ich, ähm, ich glaube, ich weiß, warum Sie die Wasserdrachen hierhergebracht haben. Es ist wegen der Pflanzen, nicht?«
Der Häuptling nickt. »Dschungel hungrig«, sagt er.
»Ja«, sagt Kokosnuss. »Das hat Wokki schon gesagt. Aber warum verstecken Sie sich hier, in unserem Ferienlager?«
Der Häuptling hebt den Blick, als würde er in der fernen Vergangenheit etwas sehen.
»Als Häuptling klein wie Wokki, Häuptling verletzt Bein.

Verbringt viele Monde hier, in Ferienlager, mit gute Feuerdrachen. Ort sicher. Sicher vor Pflanzen …«
Kokosnuss versteht. »Aha … Sie haben Ihren Stamm an den sichersten Ort gebracht, den Sie kennen.«
Der Häuptling blickt Kokosnuss an und nickt langsam.
»Moment«, sagt Kokosnuss, denn ihm ist etwas eingefallen.
»Sie hatten sich am Bein verletzt? Und wurden von Feuerdrachen gesund gepflegt? Dann kennen Sie meinen Großvater! Er war es, der Sie damals gefunden hat!«
Der Häuptling lächelt breit. »Jörgen Freund!«, sagt er herzlich und blickt sich um. »Er hier?«
Kokosnuss schüttelt den Kopf. »Nein, aber mein Vater. Jörgens Sohn.«

Der Häuptling ist offenbar etwas enttäuscht, dennoch ist das Eis gebrochen. Jetzt kann nichts mehr schiefgehen, denkt Kokosnuss. Der kleine Feuerdrache holt tief Luft und fragt: »Wir könnten doch vielleicht … das Ferienlager … teilen. Oder?«
Aber der Häuptling schüttelt den Kopf. »Nicht sicher. Fremde Drache führe Pflanze hierher. Häuptling Bibbo muss Stamm schützen.«
Kokosnuss und Wokki blicken sich erschrocken an.
»Was? Nein!«, ruft Kokosnuss schnell.
Wokki versteht Kokosnuss: Er hat Angst um seine Freunde. Draußen vor dem Palisadenzaun sind sie den fleischfressenden Pflanzen schutzlos ausgeliefert. Wokki legt Kokosnuss beruhigend die Hand auf den Arm. Dann blickt er seinem Großvater fest in die Augen.
»Großvater. Koko rettet mich Leben. Ich rettet Koko Leben. Wir …«
Der Häuptling starrt Wokki ungläubig an. »Ihr Wasserbrüder!«
Wokki lächelt.
»Brüder des Wassers?«, raunt Kokosnuss. »Das klingt schön.«
»Du sagen, Großvater«, sagt Wokki. »Brüder helf Brüder. Ja?«
Der Häuptling zögert. Dann nickt er Kokosnuss zu. »Ihr komm. Und bleib.« Damit wendet er sich zum Gehen. Kokosnuss kann sein Glück kaum fassen.

Da dreht sich der Häuptling noch einmal um. »Für zwei Tag.«
Zwei Tage. Zwei Nächte. Besser als nichts. Kokosnuss seufzt.
Der Häuptling gibt leise einen Befehl. Zwei Wasserdrachen eilen zum Tor und öffnen es. Staunend rappeln sich die Fress- und Feuerdrachen hoch. Sie heben ihr Gepäck auf und gehen langsam auf das offene Tor zu.

Im Ferienlager

Zögernd betreten die Feuerdrachen, die Fressdrachen und Matilda das Ferienlager. Von allen Seiten starren sie Wasserdrachen an. Chef gefällt es überhaupt nicht, so angeglotzt zu werden. Er knurrt zwei Wasserdrachenkinder böse an. Sie verstecken sich schnell hinter einem Stein. Vor dem Häuptling Bibbo bleibt die kleine Gruppe stehen. Der alte Wasserdrache schaut die Neuankömmlinge unwirsch an.
Magnus grinst verlegen. »Äh, hallo ... sehr erfreut«, grüßt er.
Aber der Häuptling fällt ihm ins Wort. »Ihr bleib dort!«, sagt er mit donnernder Stimme und deutet auf drei Hütten in der äußersten Ecke des Ferienlagers.
Magnus wendet den Kopf und schaut auf die halb zerfallenen Hütten. So hat er sich die Ankunft im Ferienlager nicht vorgestellt. Nun müssen sie wohl das Beste aus der Situation machen.
»Sehr freundlich«, stammelt er, »danke.«
Aber der Häuptling hat sich schon abgewendet und läuft über den Lagerplatz davon.

Plötzlich kneift Ananas die Augen zusammen und deutet auf einen kleinen Wasserdrachen. »Nicht zu fassen!«, schreit sie. »Der hat meinen Hut geklaut!«

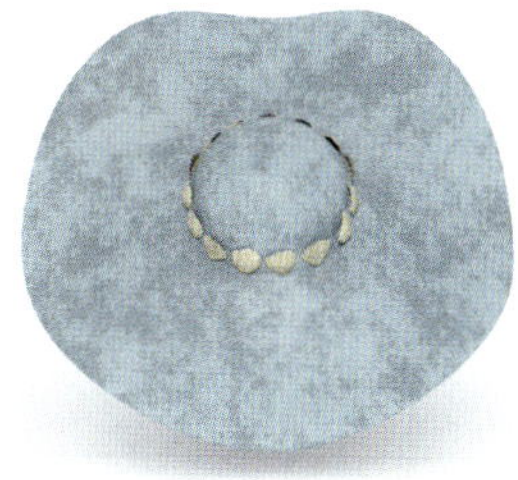

»Und meine Federboa!«, schreit Mango.
»Genau!«, ruft Pampelmuse.
Schon stürzen sich die drei auf den kleinen Wasserdrachen, der gar nicht weiß, wie ihm geschieht. Aber wegnehmen lassen will er sich seinen Schatz auch nicht. Er verteidigt ihn mit Händen und Füßen.
»Lasst das doch!«, ruft Kokosnuss. Aber niemand hört auf ihn. Im Gegenteil: Immer mehr Wasserdrachen kommen dem Kleinen zu Hilfe. Jetzt haben die drei das eine Ende der Federboa geschnappt, die Obstschwestern halten das andere Ende fest. Sie ziehen und ziehen. Aber die Wasserdrachen lassen nicht locker!
»Ah, mit diesen Etepetete-Schwestern wird es doch nie langweilig«, sagt Desiree und grinst Dirk und Dennis breit an.
»Kinder!«, ruft Proselinde mahnend.
Und auch der Häuptling ist herbeigeeilt. »Baaadaaa Taku!«, ruft er.
Doch zu spät! In diesem Augenblick reißt der Schal und Wasserdrachen und Obstschwestern landen unsanft auf dem Hosenboden.

»Mein Schal!«, plärrt Mango los und wischt mit dem Zipfel die Tränen von den Backen.
Die drei kleinen Wasserdrachen rappeln sich hoch, schnappen sich ihr Schalende und suchen unter den strengen Blicken ihres Häuptlings Bibbo schnell das Weite. Der Hut liegt unbeachtet im Sand des Lagerplatzes. Ananas hebt ihn auf und klopft den Staub ab. Böse blickt sie Magnus an, der immer noch ganz sprachlos ist.
»Das sind die blödesten Ferien meines ganzen Lebens!«
»Meine Boaaaa!«, jault Mango und trippelt ihrer Schwester hinterher.
»Genau …«, murmelt Pampelmuse.
Zusammen mit Proselinde verschwinden die Mädchen in einer Hütte.
Kokosnuss blickt ihnen nach. Dann sieht er Wokki und seinen Großvater an.
»Es tut mir so leid«, sagt er.
Wokki schaut ihn aus großen Augen an, aber Großvater Bibbo schäumt vor Wut. Knurrend wendet er sich ab und humpelt zu seiner Hütte.
»Ich mit Großvater sprech. Mach wieder gut«, verspricht Wokki und läuft dem Häuptling schnell hinterher.
Auch die anderen Wasserdrachen gehen in ihre Hütten, und Chef, Desiree, Dirk und Dennis scheinen ebenfalls ein Plätzchen für die Nacht gefunden zu haben. Der Lagerplatz leert sich zusehends.

Matilda kommt auf Oskar zu. »Hey, sieh es positiv. Wir sind zusammen und in Sicherheit.«
Aber da ist Oskar ganz anderer Meinung. »Nee, echt. Positiv? Schau dich doch mal um. Für das hier hast du dich an Bord schmuggeln lassen und musstest stundenlang in einer Holzkiste sitzen? Ananas hat recht. Das sind die schlimmsten Ferien überhaupt … seit Drachengedenken. Und daran ist nur einer Schuld.« Er wirft Kokosnuss einen finsteren Blick zu und stürmt davon.
Matilda schaut ihm verwirrt nach. Dann fragt sie Kokosnuss noch einmal: »Was ist denn los mit euch beiden?«
Kokosnuss seufzt. »Das wird schon wieder. Versprochen.«

Matilda sieht Kokosnuss ernst an und schüttelt langsam den Kopf.
»Nicht von allein, und das weißt du. Und du kümmerst dich lieber schnell drum, wenn du Oskar als besten Freund nicht verlieren willst.«
Damit lässt auch sie Kokosnuss allein und geht auf eine Hütte zu.
Magnus legt Kokosnuss eine Hand auf die Schulter. »Ich denke, ich weiß, was dir jetzt guttut, Sohn.«
Kokosnuss schaut zu seinem Papa hoch. »Eine Mütze Schlaf?«
Magnus nickt. »Eine besonders schöne. Komm.«

Die beiden breiten eine Decke auf dem Boden aus und legen sich auf den Lagerplatz – und schauen in den Nachthimmel. Ein Meer von Sternen überzieht das Firmament.

»Es stimmt, was Jörgen sagt«, flüstert Magnus. »Unterm Sternenzelt zu schlafen, ist wirklich wunderbar.«

So viele Sterne! Hier und da funkelt einer – und plötzlich fällt eine Sternschnuppe. Kokosnuss seufzt schwer.

»Ich wünschte, es wäre alles wieder gut. Ich wünschte, ich wüsste, was mit Oskar los ist. Warum er mich nicht mehr leiden kann … Er ist so anders.«

»Na ja, ich bin kein Experte«, murmelt Magnus. »Aber … könnte es sein, dass Oskar ein bisschen eifersüchtig ist?«

»Was?«, fragt Kokosnuss verwundert.

»Na ja, du hast einen neuen Freund gefunden … Wokki. Und Matilda ist ganz dicke mit Amadeus«, sagt Magnus. »Oskar war ziemlich viel allein, seit wir hier angekommen sind.«

Kokosnuss denkt nach. »Das stimmt«, sagt er schließlich. »Ist mir gar nicht aufgefallen vor lauter Aufregung.« Dann grinst er entschlossen. »Alles klar. Morgen kläre ich das mit Oskar – und dann werden das die besten Ferien, die wir je hatten!«

»Cool«, sagt da plötzlich jemand mit tiefer Stimme. Huch! Das ist ja Dirk! Er liegt gar nicht weit von ihnen entfernt. Und er spricht! »Diese ganze schlechte Stimmung ist nämlich nicht gut. Gar nicht gut.«

»Wusstest du, dass er da ist?«, wispert Magnus. Kokosnuss schüttelt den Kopf und zuckt mit den Schultern. Und wenn schon. Dirk hat ja recht. Hauptsache, es wird endlich alles wieder gut!

Drachen in Gefahr!

Als am nächsten Morgen die Sonne aufgeht, läuft Matilda zum Strand des Ferienlagers. Drei Seiten des Feriendorfs sind von dem hohen Palisadenzaun umgeben. Nur zur Seeseite ist das Ferienlager offen. Der Strand ist schmal, einige Felsen ragen ins Wasser. Auf einen klettert Matilda und schaut übers Meer.
»Amaaadeeeeus!«, ruft sie. Sie macht sich Sorgen um ihren großen Freund. Er war gestern so traurig, als er davonschwamm. Er wird doch hoffentlich wiederkommen? Oder sollten ihn die Obstschwestern für immer vertrieben haben?
»Amaaadeeeus!«, ruft sie noch einmal über das Wasser. Plötzlich steigen kleine Luftblasen auf. Da! Da taucht ein Kopf auf. Und dann noch einer! Aber Amadeus ist es nicht. Es sind zwei kleine Wasserdrachen, die munter im Wasser plantschen und Quatsch machen. Sie kichern ausgelassen – bis der eine plötzlich pupst. Der andere verzieht die Nase und schwimmt schnell davon. Auch der Pupser taucht ab und ist verschwunden. Jetzt ist das Wasser wieder ruhig. Von Amadeus fehlt jede Spur.
»Amadeus, wo bist du nur?«, murmelt Matilda.

Da kommt Oskar angerannt. In der Hand schwenkt er ein Stück Papier.
»Schau mal, was ich heute Morgen gefunden habe!«, ruft er aufgeregt. »Eine Schatzkarte!«
Matilda lächelt und steigt vom Felsen herab. »So eine Schatzkarte habe ich auch bekommen«, sagt sie. »Ich glaube, die ist von Kokosnuss.«
Oskar lässt die Schultern hängen. »Von Kokosnuss?«, fragt er. »Na dann … Tschüs.« Er zerknüllt die Karte, wirft sie in den Sand und will schon davongehen, doch Matilda hält ihn zurück.
»Ach, komm schon, Oskar. Kokosnuss möchte wieder dein Freund sein. Zumindest versucht er es. Gib ihm eine Chance.«
Oskar bleibt stehen, dann seufzt er. »Na gut. Aber nur eine Minute.«
Matilda lächelt. »Mehr brauchen wir nicht. Schau, die Stelle mit dem Kreuz ist ganz in der Nähe, gleich hinter den Felsen!«
Und tatsächlich, sie müssen nur eine Felsnase umrunden, da sehen sie zwei Kisten im Sand stehen. Oskar eilt darauf zu und starrt sie ungläubig an.
»Das ist ja meine Proviantkiste!«, ruft er. »Ich hatte sie am Strand vergessen, als mich diese Pflanze angegriffen hat … und Kokosnuss mich gefunden hat … Aber wie kommt sie plötzlich hierher?«

»Ich habe sie heute Nacht hierhergeflogen«, dröhnt Kokosnuss' Stimme aus der anderen Kiste. »Am anderen Strand wäre sie doch von den Fresspflanzen vertilgt worden …«
Matilda macht große Augen. »Kokosnuss? Bist du da drin?«
»Ja-ha«, trällert Kokosnuss aus dem Innern der Kiste.
»Warum hast du meine Proviantkiste geholt?«, fragt Oskar ungläubig.
»Na, weil sich beste Freunde nun mal helfen, oder?«

Oskar kann es noch gar nicht fassen. Seine Kiste! Und Kokosnuss hat sie den ganzen weiten Weg quer über die Insel hierhergebracht …
»Danke, Kokosnuss«, stammelt er.
»Gern geschehen, Kumpel«, sagt Kokosnuss glücklich.
»Und warum hockst du in der Kiste?«, fragt Matilda.
»Weil ich dich dazu überredet habe, zu dieser Katastrophe von einem Ferienlager mitzukommen. Es ist meine Schuld, dass du stundenlang an Bord des Schiffs in der Kiste sitzen musstest. Und um das wieder gutzumachen, sitze ich jetzt eben in der Kiste«, erklärt Kokosnuss.
Matilda schnaubt. »So ein Quatsch. Damit änderst du gar nichts. Komm wieder raus.«
»Ja«, sagt Kokosnuss. »In zwei Stunden.«

Matilda blickt Oskar an und zuckt die Schultern. »Nichts zu machen. Das hat er sich in den Kopf gesetzt ... Verrückter Kerl.«
Sie laufen zwischen den eiförmigen Hütten zurück zum Lagerplatz.
»Stimmt«, sagt Oskar und lächelt. »Aber ein lieber verrückter Kerl. Ich wollte ihn echt nicht anders haben.«

Auf dem Platz herrscht reges Treiben. Chef bereitet gerade für alle ein großes Frühstück vor. Desiree, Dennis und Dirk helfen ihm dabei. Sie schnippeln Obst und Gemüse – und schnicken es lachend in Schüsseln und Töpfe. Chef hat zwei Würstchen bereitgelegt. Sie sehen wirklich köstlich aus. Aber ein guter Koch kostet seine Zutaten ... Happs, hat er ein Würstchen verspeist. Hmmm, doch, das ist gut. Er sucht nach seinem Messer, um das andere Würstchen zu zerschneiden. Als er sich abwendet, taucht, schwupps, eine kleine Hand unter dem Tisch hervor und schnappt sich das zweite Würstchen. Perplex schaut Chef auf das leere Schneidebrett und blickt sich um. Da taucht eine zweite kleine Hand auf und schnappt sich eine Möhre. Rapp, rapp, rapp – hört Chef das Knabbern unter dem Tisch. Er blickt nach unten und entdeckt zwei kleine Wasserdrachen, die frech kichernd davonrennen. Chef läuft hinterher.
»Na wartet, ihr Würstchendiebe, wenn ich euch kriege!«

Oskar und Matilda schauen ihnen amüsiert hinterher. Die Wasserdrachen mischen sich unter die anderen Kinder. Im nächsten Augenblick spielen sie Fangen und veranstalten eine wilde Jagd über den Lagerplatz. Ein Wasserdrachenjunge winkt Oskar fröhlich zu. Oskar lächelt – und winkt zurück.
»Vielleicht sind die doch nicht so doof, wie ich dachte«, gibt er zu.
Matilda grinst. »Genau. Und bestimmt werden das noch richtig gute Sommerferien.«

Proselinde und die Obstschwestern putzen und verschönern ihre Hütte. Die Mädchen wischen und fegen eifrig, während Proselinde die Eingangstür mit Efeuranken schmückt. Aber Ananas hat schlechte Laune.
»Ich dachte, das hier sollen Ferien sein«, grummelt sie. »Und Ferien sind doch das Gegenteil von Arbeit.«
»Aufräumen ist wie eine Reinigung für die Seele«, erwidert Proselinde ungerührt. »Ananas, sei so gut und hol mir noch ein paar Efeuranken für meine Girlande. Sie wachsen gleich dort hinter den Hütten.«
Wütend stellt Ananas ihren Besen an die Hüttenwand und läuft davon. Fast wäre sie mit Magnus zusammengestoßen, der über den großen Platz in der Mitte des Lagers spaziert. Sie würdigt ihn keines Blickes. Dafür entdeckt Magnus Bibbo, den Häuptling der Wasserdrachen. Er lächelt ihn breit an.

Eine freundliche Geste sagt doch mehr als tausend Worte!, findet Magnus.

Aber der Häuptling sieht ihm nur fest in die Augen und grollt: »Noch ... ein ... Tag!«

Magnus schluckt. Ihm müsste schleunigst einfallen, wie er seine kleine Ferientruppe heil nach Hause bringen könnte ... durch den Dschungel voller ...

»Fresspflanzen! Aaaaaah!«, kreischt da Ananas schrill. Aufgeregt flattert sie zum Lagerplatz zurück. »Da hinten! Alles voll!«

Der Häuptling runzelt die Stirn. »Nicht gut. Nicht normal! Sonst nie in Ferienlager.«

Magnus wird blass. Fresspflanzen im Ferienlager? Aber da schiebt sich Chef mit seinem großen Messer schon an ihm vorbei.

»Überlasst das mir«, knurrt er und läuft hinter die Hütte.

Magnus grinst Häuptling Bibbo unsicher an. »Chef ist wirklich gut im Vertreiben der Fresspflanzen. Alles kein Problem.«

Doch Chef kommt gleich wieder zurück. Ratlos blickt er in die versammelte Menge. »Äh, ich fürchte ... wir haben ein Problem.«

Die Drachen starren einander stumm an. Dann bricht panisches Durcheinander aus. Magnus läuft mit Chef zu der Stelle hinter der Hütte. Pflanzententakel schieben sich durch die Zwischenräume im Zaun! Gierig greifen sie mit ihren Blättermäulern in alle Richtungen und suchen offenbar nach etwas Essbarem.

»Bei allen guten Drachengeistern!«, stöhnt Magnus. Er fliegt hoch zum Wehrgang auf dem Palisadenzaun und schaut in die Tiefe – dann in die Ferne. Überall im Dschungel wachsen Fresspflanzententakel, die immer näher kommen. Das Ferienlager ist schon fast umzingelt.

Proselinde landet neben Magnus. »Auf der anderen Seite sieht es genauso aus«, sagt sie betreten.

Auch Bibbo, der Wasserdrachenhäuptling, will sich ein Bild von der Lage machen. Und was er sieht, erfüllt ihn mit Zorn.

»Das eure Schuld«, sagt er knurrend zu Magnus. »Wasserdrachen komme in Lager von Wasser – keine Spur! Ihr komme von Dschungel – Pflanze euch folgen. Ihr Pflanze hergebracht.«

Magnus lässt den Kopf hängen.

Der Häuptling hebt die Arme und ruft: »Ihr gehe!«

Magnus blickt ihn erschüttert an. »Heute?«, fragt er.

»Jetzt!«, donnert Bibbo.

Ein Lied für Amadeus

Wokki traut seinen Ohren nicht. Zwei Tage, zwei Nächte hat sein Großvater den fremden Drachen versprochen. Und jetzt, wo die Gefahr so groß ist wie nie zuvor, will er sie wegschicken?

»Bitte, Großvater!«, ruft Wokki. »Koko und ich Wasser-Brüder. Bitte. Bleibe …«

Sein Großvater blickt ihn düster an. »Bleibe wo? Bald Lager voll Pflanze. Dann auch Wasserdrachen müsse weg. Und wohin?«

Wokki schnappt erschrocken nach Luft. »Pflanze überall!«, ruft cr.

»Ich weiß.« Der Großvater nickt. »Ihr packe, dann geh. Wasserdrachen dann schließen Tor«, sagt er leise zu Magnus und Proselinde. Traurig nimmt er seinen Enkel an der Hand und lässt die beiden Feuerdrachen stehen.

Magnus und Proselinde fliegen hinunter auf den Lagerplatz und erklären den anderen die Situation.

»Matilda und Oskar«, sagt Magnus schließlich, »holt Kokosnuss. Ihr anderen … packt eure Sachen. Nehmt nur das Nötigste mit …«

Keuchend rennen Oskar und Matilda hinunter zum Strand. Kokosnuss sitzt noch immer in der Kiste. Er hat beste Laune und singt laut Piratenlieder.
Oskar klopft aufgeregt an die Kistenwand. »Kokosnuss, komm raus.«
»Noch eine halbe Stunde!«, ruft Kokosnuss.
»Sofort«, sagt Matilda ernst. »Wir müssen das Ferienlager verlassen. Jetzt.«
Kokosnuss öffnet die Kiste und schaut seine Freunde an.
»Was ist denn passiert?«
»Fleischfressende Pflanzen! Überall fleischfressende Pflanzen! Sie schlängeln sich über den Boden, sie winden sich die Palisaden hoch. Fast haben sie das Tor erreicht!«

Kokosnuss kann kaum glauben, was seine Freunde ihm da erzählen. Aber nun flattert er am Zaun des Ferienlagers entlang und sieht es mit eigenen Augen. Atemlos landet er wieder bei Matilda und Oskar.
»Das ist ja furchtbar!«, ruft er. »Und es wird von Minute zu Minute schlimmer!«
Zu dritt laufen sie zu den anderen Feuer- und Fressdrachen, die sich auf dem Lagerplatz versammelt haben.
»Wir können da doch nicht raus!«, ruft Kokosnuss und deutet in Richtung Tor. »Vor lauter Schlingpflanzen ist kaum noch Boden zu sehen. Es gibt keinen Weg mehr durch den Dschungel.«

Chef kommt wütend auf ihn zu. »Na, falls es sich noch nicht bis zu dir herumgesprochen haben sollte: Wir wurden aus dem Camp geworfen! Von gehen WOLLEN kann keine Rede sein!«

Kokosnuss schüttelt den Kopf. »Aber wir können nicht einfach gehen … und die Wasserdrachen mit diesem Schlamassel alleinlassen. Wenn es so ist, wie sie sagen, und wir die Schlingpflanzen erst hierhergelockt haben, dann ist das alles unsere Schuld. Wir müssen den Wasserdrachen helfen!«

Chef rollt die Augen. Und Magnus beugt sich zu Kokosnuss herab. »Sohn, normalerweise würde ich dir ja zustimmen … Aber ich fürchte, wir können nichts mehr tun. Es sind einfach zu viele …«

Kokosnuss schüttelt entschlossen den Kopf. »Wir müssen etwas tun!«

Er hebt wieder ab und flattert hoch in die Luft. Magnus folgt ihm. Was sie sehen, verschlägt ihnen die Sprache. Die Pflanzen haben das Lager erreicht! Wie ein grüner Teppich bedecken die Tentakel jeden Zentimeter zwischen Dschungelrand und Palisadenzaun. Sie versuchen, den Zaun zu überwinden und ins Lager zu gelangen! Nur die Seeseite ist noch frei von Pflanzen …

»Siehst du nun, was ich meine«, sagt Magnus betreten. »Es gibt keinen Ausweg!«
Plötzlich fällt Kokosnuss etwas auf. »Schau mal, diese Hängebrücke da hinten ist auch voller fleischfressenden Schlingpflanzen.«
»Verstehst du nicht?«, ruft Magnus verzweifelt. »ALLES ist voller Schlingpflanzen.«
»Ja«, sagt Kokosnuss, »aber schau mal genau hin ...«
Er flattert auf die Hängebrücke zu. Nun kann er es deutlich erkennen: Die Tentakel ranken sich durch den Dschungel, der bis an die Hängebrücke heranreicht. Und sie scheinen über diese Brücke gekommen zu sein. Von der Brücke ist nichts mehr zu sehen. Sie ist dicht eingesponnen von Tentakeln, die sich immer weiter und weiter in den Dschungel erstrecken. Und da – auf der anderen Seite der Brücke – scheinen die Pflanzen zu enden. Nein. Da fangen sie an. Und es ist ...
»Papa!«, ruft Kokosnuss aufgeregt. »Schau, es sind nicht viele Pflanzen. Es ist nur eine einzige, riesengroße ... mit vielen Tentakeln!«
Die Stelle, wo die Wurzel aus dem Boden treibt, ist genau zu erkennen! Es sind vier oder fünf baumdicke Stränge, die sich in Abertausende Tentakel verästeln. Und am Ende jedes Arms sitzt ein gefräßiges Maul!
»Ich glaube, ich weiß, wer uns helfen kann«, sagt Kokosnuss. »Komm!«

Schnell fliegen sie zum Lagerplatz zurück. Kokosnuss landet direkt vor Matilda.
»Matilda, wo ist Amadeus?«
»Amadeus?« Matilda lässt den Kopf hängen. »Ich habe ihn nicht mehr gesehen, seit … seit er verjagt wurde …«
»Oh«, sagt Kokosnuss bestürzt. Amadeus war seine ganze Hoffnung.
»Warte«, sagt da Oskar. »Amadeus mag doch Musik, nicht?«
Kokosnuss grinst seinen Freund glücklich an. Denn er weiß genau, was Oskar meint. »Allerdings«, sagt er und nickt.
Im nächsten Augenblick hat sich Kokosnuss eine Gitarre geschnappt und beginnt zu singen: »Alle lieben diese Melodie …«
Matilda fällt mit der zweiten Stimme ein und sie singen zusammen: »schöner noch klingt sie in Harmonie!«

Das ist so schön, dass die Obstschwestern und die jungen Fressdrachen sofort begeistert mitsingen: »Alle lieben diesen Beat, alle singen wir dasselbe Lied!«
Und das lassen sich die anderen Drachen nicht zweimal sagen. Nun singen alle gemeinsam: Feuerdrachen, Fressdrachen und Wasserdrachen!
»Der Chor soll uns zusammenschweißen. Wir dreh'n die Saiten, bis sie reißen! Manchmal singst du ganz allein, doch mehr Spaß macht es mit drei'n. Du bist Teil von uns'rer Band, wo dich jeder mag und kennt. Und jetzt, ihr Drummer, haut mal richtig rein, lasst hör'n und trommelt alles kurz und klein!«
Die Wasserdrachen trommeln ausgelassen einen schnellen Rhythmus und die Obstschwestern tanzen dazu. Desiree schaut ihnen mit großen Augen bewundernd zu – bis Ananas sie an der Hand nimmt und ihr die Tanzschritte beibringt. Dennis und Dirk machen mit – und schon bald tanzen alle Drachen durch das Ferienlager, bis sie am Strand ankommen. Amadeus soll das Lied, das sie für ihn singen, ja hören!
Alle singen so laut und so gut sie können:

»Alle lieben diese Melodie,
schöner klingt sie noch in Harmonie!
Alle lieben diesen Beat,
alle singen wir dasselbe Lied!

Der Chor soll uns zusammenschweißen.
Wir dreh'n die Saiten, bis sie reißen!
Manchmal singst du ganz allein,
doch mehr Spaß macht es mit drei'n.
Du bist Teil von uns'rer Band,
wo dich jeder mag und kennt.
Und jetzt, ihr Drummer, haut mal richtig rein,
lasst hör'n und trommelt alles kurz und klein!«

Und wirklich: Über den weiten Ozean dringt das Lied an Amadeus' Ohren. Erst hört er nur zu und freut sich. Dann möchte er wissen, wer so schön singt. Er nimmt seinen ganzen Mut zusammen, schwimmt zum Strand – und taucht auf!

Der Fresspflanzen-Angriff

»Bravo, bravo!«, ruft Amadeus glücklich. »So ein schönes Lied!«

Die Drachen am Strand jubeln, als sie Amadeus sehen. Keiner sieht ihn böse an oder bewirft ihn mit etwas. Jetzt entdeckt Amadeus auch Matilda. Sie steht inmitten der ganzen Drachen und winkt ihm aufgeregt zu. Er beugt sich herab, um sie zu begrüßen. Kokosnuss und Oskar sind auch da! Dann sieht er, am anderen Ende des Ferienlagers, die fleischfressenden Pflanzen, die versuchen, den Zaun zu überwinden.

»Diese Pflanzen mag ich nicht«, murmelt er.

Kokosnuss fliegt zu ihm hinauf. »Amadeus, ich glaube, ich weiß, wie wir sie loswerden können. Aber dafür brauchen wir deine Hilfe.«

»Meine Hilfe?«, fragt Amadeus erstaunt.

Alle Drachen nicken und sehen ihn hoffnungsvoll an.

»Was soll ich tun?«, fragt der riesige Meeresdrache Kokosnuss.

»Komm mit!«, ruft Kokosnuss und fliegt Amadeus voraus.

Amadeus folgt ihm. Matilda und Oskar stehen auf seinem

Kopf. Amadeus ist so groß, dass ihm die Tentakel nichts anhaben können.
»Ich helfe euch!«, ruft Magnus und läuft ihnen hinterher.
Kokosnuss dreht sich zu seinem Vater um. »Nee, Papa. Du wirst hier gebraucht. Ihr müsst das Ferienlager gegen die Pflanze verteidigen, bis wir das Problem gelöst haben!«
Magnus bleibt im Tor stehen und lässt die Schultern sinken. Schon wieder muss er Kokosnuss alles allein überlassen. Doch da schnappt plötzlich ein gefräßiger Tentakel nach seinem Allerwertesten.
»Autsch!«, ruft er – und speit Feuer auf den Tentakel. Die ihn umstehenden Drachen jubeln begeistert. Da nähert sich schon der nächste Pflanzenarm. Auch der bekommt einen Feuerstrahl ab. Das ist das Kommando. Jetzt stehen alle Drachen Seite an Seite und versuchen mit Feuerspeien die Fresspflanzen zurückzudrängen. Die Wasserdrachen fliegen dicht vor den gefräßigen Mäulern hin und her, sodass sich die Tentakel heillos ineinander verknoten. So viel ist klar: Dieser Tag wird in die Drachengeschichte eingehen!

Schon bald haben Kokosnuss, Amadeus, Matilda und Oskar die Wurzel der Fresspflanze erreicht.
»Siehst du die«, sagt Kokosnuss und deutet auf die baumdicken Pflanzenstränge, die sich aus der Erde winden. »Könntest du sie bitte mit der Wurzel herausziehen. Ich weiß, dass du das schaffst.«

Amadeus sieht Kokosnuss an, dann die Pflanze. Er nickt – und beginnt zu ziehen. Er zieht und zieht mit aller Kraft! Die Pflanze wehrt sich. Wild schlagen die Tentakel um sich. Kokosnuss fliegt um sie herum und speit Feuer.
»Amadeus, Amadeus!«, feuern Oskar und Matilda den Meeresdrachen an.
Amadeus stöhnt. Die Wurzel sitzt fest und bewegt sich kaum. Fast ist es, als würde sich die Pflanze im Boden festkrallen. Amadeus stemmt die Füße in die Erde – und zieht!

Im Ferienlager wird es immer turbulenter. Die Tentakel schlagen wild um sich. Wokki und seine Freunde umfliegen die Tentakel und verknoten die Enden, wo sie nur können. Plötzlich stolpert Wokki – und sofort ist ein Tentakel mit aufgerissenem Maul über ihm!
»Aaaah!«, schreit Wokki panisch.
Magnus hört ihn, eilt auf den kleinen Wasserdrachen zu, speit Feuer und bringt Wokki aus der Gefahrenzone.
Häuptling Bibbo hat alles beobachtet. Er stürzt auf seinen Enkel zu und schließt ihn glücklich in die Arme. Dann blickt er Magnus an. »Danke«, sagt er ernst.
Magnus nickt – und fliegt Proselinde zu Hilfe.

Amadeus steht der Schweiß auf der Stirn. Er atmet schwer.

»Kommt diese blöde Wurzel denn keinen Millimeter aus der Erde raus?«, schimpft Oskar.

»Amadeus, du schaffst es«, raunt Matilda ihm ins Ohr.

Und Amadeus nimmt seine ganze Kraft zusammen – und zieht und zieht …

Proselinde und die Obstschwestern fliegen hoch in der Luft, speien Feuer und versuchen die umherschwingenden Tentakel so zu verwirren, dass sie sich verknoten. Immer wieder weichen sie ihnen aus. Plötzlich – hat ein Tentakel Pampelmuses Fuß umschlungen!

»Lass meine Schwester los!«, brüllt Ananas wütend und speit Feuer auf den Fangarm.

»Genau«, schreit Mango. Sie hält verdutzt inne – das war doch Pampelmuses Text. Aber die sagt vor lauter Schreck gar nichts mehr. Mango holt Luft und speit einen Feuerstrahl auf den Tentakel. Der schlafft ab und sinkt, mit Pampelmuse im Griff, zu Boden. Da eilt Dennis hinzu und befreit Pampelmuse, die Dennis glücklich um den Hals fällt.

»Hau ruck! Hau ruck!«, feuern Oskar und Matilda Amadeus an. Und da – mit einem Mal – ist ein Stück Wurzel zu sehen.

»Amadeus!«, kreischt Matilda stolz. »Du hast es fast geschafft. Noch einmal, zieh noch einmal!«

Und Amadeus zieht. Hau … RUCK!
HUI! In hohem Bogen ploppt die Wurzel aus der Erde. Fast hätte Amadeus das Gleichgewicht verloren.
»Bravo, Amadeus!«, jubelt Kokosnuss. »Du bist der Beste!«
Amadeus schaut die Pflanze erstaunt an, die schlaff von seiner Hand herunterhängt, und sagt: »Kokosnuss, wusstet ihr nicht, dass dies eine Meerespflanze ist? Es ist ziemlich klar, dass die durchdreht, wenn man sie aus ihrem Lebensraum herausholt! Ich werde sie wieder im Meer einpflanzen. Dann müsste der Spuk vorbei sein!«

Ende gut, Ferien gut!

Im Ferienlager sehen sich Feuerdrachen, Wasserdrachen und Fressdrachen erstaunt um. Alles ist ruhig. Die Drachen atmen erleichtert auf. Dann bricht tosender Jubel aus! Die Drachen springen vor Freude in die Luft und umarmen sich. Die Obstschwestern umarmen Desiree, Dennis und Dirk. Dennis und Pampelmuse lächeln sich dabei schüchtern an. Chef umarmt erst Magnus, dann Proselinde. Magnus umarmt den Wasserdrachenhäuptling. Dann wird der Jubel noch lauter, denn Amadeus, Kokosnuss, Matilda und Oskar kommen zurück ins Ferienlager. Alle Drachen klatschen speziell für Amadeus. Matilda lächelt ihren großen Freund glücklich an.

»Das ist dein Applaus, Amadeus. Du hast uns alle gerettet.«

Amadeus grinst verlegen. »Wir haben das gemeinsam geschafft. Wir alle. Alle Drachen gemeinsam!«

Wieder jubeln alle und springen ausgelassen in die Luft.

Da bebt mit einem Mal die Erde. Der Boden wankt. Die Drachen schreien panisch durcheinander. Was ist das? Gerade haben sie eine Gefahr überwunden – und nun?

»Keine Angst, Leute!«, ruft Kokosnuss. »Was immer es ist – gemeinsam kriegen wir es hin!«
RUMMS, bebt die Erde. RUMMS. RUMMS. RUMMS. Die Stöße scheinen … immer näher zu kommen.
Das ist merkwürdig, findet Kokosnuss. Neugierig fliegt er in die Luft – und sieht einen riesigen Kopf, der an einem langen Hals über dem Blätterdach des Dschungels herausschaut. Und auf dem Kopf steht ein winzig kleiner Drache!
»Big Bo! Mini Mo!«, ruft Kokosnuss.
Jetzt bricht der riesige Drache aus dem Dschungel. Einige Drachen schreien entsetzt auf. Aber dann sehen sie, wie Kokosnuss den Riesen freudig begrüßt. Das muss also ein Freund sein.

»Hey, alle mal herhören«, ruft Kokosnuss. »Das sind meine Freunde Big Bo und Mini Mo.«

Mini Mo ist so klein, dass er von unten gar nicht zu sehen ist. Da lugt noch ein Kopf hinter Big Bos Hals hervor.

»Kuckuck, ich bin auch da!«, meldet sich Balduin, das Höhlenungeheuer.

»Balduin!«, freut sich Kokosnuss. »Aber … was macht ihr denn hier?«
»Wir haben dein Notsignal gesehen«, sagt Mini Mo.
»Wo können wir helfen?«, fragt Balduin.
»Tja«, sagt Kokosnuss und lacht. »Eigentlich ist die Gefahr vorüber.«

»Du bist aber groß«, sagt Amadeus bewundernd zu Big Bo. Er ist tatsächlich einen Kopf kleiner als Big Bo. Amadeus ist noch nie einem Drachen begegnet, zu dem er aufblicken musste.
»Du aber auch«, staunt Big Bo. Er ist noch nie einem Drachen begegnet, zu dem er sich nur kaum hinunterbeugen musste.
»Und ich bin auch da! Halloooo!«, ruft da Opa Jörgen und rutscht von Big Bos Hals herunter.
»Freund Jörgen?«, murmelt der Wasserdrachenhäuptling verwundert. »Freund Jörgen!«, ruft er glücklich.
Schon laufen die beiden alten Drachen freudestrahlend aufeinander zu und umarmen sich. Dann stoßen sie mit den Bäuchen aneinander, mit den Pos, dann haken sie sich unter und tanzen eine Runde links herum und rechts herum und zuletzt klatschen sie sich in die Hände.

»Nach all den Jahren«, sagt Jörgen.
»Wir feiern!«, ruft Bibbo ausgelassen.
Die Drachen jubeln und laufen ins Ferienlager. Kokosnuss und Magnus nehmen Opa Jörgen in ihre Mitte. Sie können noch gar nicht glauben, dass er tatsächlich hierhergekommen ist!
Bevor sie feiern, müssen die Drachen erst mal aufräumen. Aber diesmal hilft sogar Ananas freudestrahlend mit. Ruckzuck ist das Dorf blitzsauber und sogar geschmückt.
»Fehlt nur noch eine wichtige Sache!«, ruft Kokosnuss. Schon flitzt er an seinen Rucksack, holt etwas heraus und rennt damit zum Fahnenmast. Keine Minute später flattert Opa Jörgens Fahne im Wind.

»Katta brakka aloo chaka!«, ruft ein Wasserdrache.
»Katta brakka aloo chaka«, wiederholt Kokosnuss zufrieden. Dann sieht er Wokki, der neben ihm steht, fragend an.
»Was heißt das eigentlich?«
»Heißt: Ich mag dein Flagg.«
»Oh«, sagt Kokosnuss und schaut auf die Fahne, die im Wind weht. »Schön.«
»Jetzt können die Sommerferien beginnen!«, ruft Opa Jörgen ausgelassen. »Und unser Fest!«

Bis tief in die Nacht hinein feiern die Drachen gemeinsam. Chef hat ein wahres Festmahl gezaubert. Alle Drachen

schmausen genüsslich, wie schon lang nicht mehr. Sie singen, tanzen und sitzen um ein großes Lagerfeuer herum.
»Großvater viel glücklich«, raunt Wokki Kokosnuss zu. Gemeinsam betrachten sie ihre Großväter, die im Feuerschein sitzen und lachen.
»Ja, mein Großvater Jörgen kann das, Leute glücklich machen.«
Aber Wokki schüttelt den Kopf.
»Nein, nein, nein. Du mach glücklich, Koko. Du mach alles gut. Pflanzen weg. Alle rette. Jetzt alle Brüder Wasser. Und Schwester Wasser.«
»Wokki hat recht«, sagt Oskar und lächelt den kleinen Wasserdrachen an. »Ohne dich, Kokosnuss, wäre diese Sache hier anders ausgegangen.«
»Und jetzt werden wir die kürzesten Ferien aller Zeiten verbringen«, sagt Matilda und lässt den Kopf hängen.
»Jedenfalls bis morgen, bis die Frist um ist und wir das Lager räumen müssen.«
In diesem Augenblick kommt Magnus auf die Kinder zu.
»Schlechte Nachrichten, Leute«, sagt er und kratzt sich betreten den Kopf. »Big Bo und Amadeus können zwar unseren Schaufelraddampfer bergen. Aber bis alles trocken und das Leck repariert ist, wird es ein paar Tage dauern. Wir stecken hier also fest …«
»Keiner nach Hause!«, ruft da der Wasserdrachenhäuptling.
»Ihr bleibe. Ganze Sommer. Hier, bei uns. Bei Freunde.

Nicht wahr, Freund Jörgen?« Er grinst seinen alten Kumpel breit an.

Opa Jörgen nickt bedächtig. Und die Kinder umringen Magnus und rufen: »Oh ja, bittebittebitte, lass uns hierbleiben!«

Magnus lächelt. »Wenn das so ist – natürlich bleiben wir hier!«

»Es lebe das Ferienlager!«, ruft Kokosnuss.

»Juhuuu!«

Und dann werden es die besten Sommerferien aller Zeiten! Jeden Tag plantschen die Drachenkinder im Wasser. Big Bo eignet sich wunderbar als Wasserrutsche. Die Kinder klettern auf seinen Hals, rutschen den Schwanz hinunter und landen mit einem lauten PLATSCH im Wasser.

Amadeus ist eine prima Badeinsel. Auf seinem Bauch kann man sich herrlich sonnen. Am liebsten hat es Amadeus, wenn dazu im Duett gesungen wird.
Die Wasserdrachen zeigen den Fressdrachen- und den Feuerdrachenkindern ein paar ziemlich coole Tauchtricks. Schon bald können alle richtig gut schwimmen.
Die Obstschwestern veranstalten einen Wettbewerb, den sie »Unsere Hütte soll schöner werden« nennen. Natürlich gewinnen sie. Ihre Hütte ist wirklich toll dekoriert.
Die Wasserdrachen reparieren ihre maroden Hängebrücken. Sie tauschen alle morschen Planken aus – und dabei helfen ihnen die Feuerdrachen und die Fressdrachen natürlich. Die starken Fressdrachen schleppen die Planken heran. Die Feuerdrachen halten sie von unten fest, während die Wasserdrachen oben die Knoten machen.
Und alle Drachen, die Lust haben, reparieren den Dampfer, den Big Bo und Amadeus geborgen haben. Sie reparieren das Leck und wischen die Decks durch, bis alles trocken und sauber ist. Dann malen sie den Dampfer neu an – jetzt sieht er noch schöner aus als vorher. Die Drachen sind so fleißig und geschickt, dass der Dampfer schon nach wenigen Tagen wieder heile ist. Er funktioniert sogar noch besser, denn die Wasserdrachen haben ein tolles hydraulisches Lenksystem eingebaut. Damit kann Proselinde nun auch kleine Felsenriffe umschiffen.
Das tut sie auch. Aber nicht, um die Feuerdrachen und die

Fressdrachen nach Hause zu bringen. Daran denken sie noch lange nicht. Jeden Tag finden lustige Bootstouren durch die faszinierende Inselwelt statt. Und jeden Abend gibt es ein großes Lagerfeuer. Chef bereitet mit Desiree köstliche Büffets zu. Desiree hat sich auf vegetarische Häppchen spezialisiert, die sie Oskar grinsend zuschiebt. Dafür teilt Oskar seinen Schokokuchenvorrat mit ihr, den er noch in seiner Proviantkiste hatte.
Bis in die Nacht sitzen alle um das Lagerfeuer herum und blicken abwechselnd in die Flammen und in den endlosen Sternenhimmel. Nur Dennis und Pampelmuse schauen sich tief in die Augen. Und Kokosnuss lächelt seine Freunde an. So hat er es am liebsten: Alle zusammen. In aller Freundschaft!

Der kleine Drache Kokosnuss

Drachenstarker Spielspaß für alle Kokosnuss-Fans

Kokosnuss-Plüsch 15 cm
ISBN/EAN 4012390379235

Oskar-Plüsch 16 cm
ISBN/EAN 9783570039779

Schlüsselanhänger 10 cm
ISBN/EAN 4012390379198

Zauber-Handtuch
ISBN/EAN 4250938800104

Brotdose
ISBN/EAN 4051112135179

Trinkflasche
ISBN/EAN 4051112144218

Die erfolgreichen Kokosnuss-App

Spielspaß-App

Mit Geschicklichkeit, Mut und Konzentration meisterst du gemeinsam mit Kokosnuss und seinen Freunden große Abenteuer.

Lernspaß-App

Entdecke mit Kokosnuss die Welt der Buchstaben und Zahlen, löse Logik- und Konzentrationsspiele an verschiedenen Orten der Dracheninsel